망각과 기억 사이

망각과 기억 사이

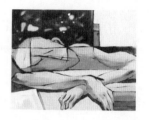

구자명 에세이

망각의 어둠 속에서 빛을 잃을 뻔한 이야기들이 다시 우리 곁으로

삼대를 물려온 인연입니다. 지난 백 년 동안 우리 수도공동체와 정을 나누고 고락을 함께 해온 집안입니다. 조부 구종진 선생, 백부 구대준 신부, 부친 구상 시인은 수도원 역사의 한 페이지를 장식한 분들입니다. 그리고 어느덧 세월의 무게에 눌려 망각과 기억 사이에 있는 소중하고 아름다운 인연을 고스란히 살려 내는 구자명 작가. 드문드문 피정 겸 친정 나들이 하듯 수도원을 방문하는 작가를 뵐 때마다 가슴 깊이 간직해 온 향수를 느낍니다. 왜관 시절 추억이 서린 글들이 마음에 와 닿았습니다. 마리아 보살, 모친 서영옥 여사와 천사의 심성을 지녔던 큰이모 서영호 여사. 아직도 원로 수사들과 인근 신자들 사이에 회자되는 덕망 높은 분들입니다.

해마다 구자명 작가가 신간을 보내옵니다. 어마어마한 부친의 명성에 기대거나 파묻히지 않고 고유한 문학적 영역을 구축하고자 정진하는 모습에 갈채를 보냅니다. 최근에는 손바닥 소설이라는 미니픽션의 매력에 빠지신 듯 재치 넘치는 글들을 엮은 책을 받고

박현동 아빠스

성 베네딕도회 왜관 수도원

있습니다. 무심히 지나가 버리는 일상에서 얻어낸 섬세한 통찰과 평범한 일들에 숨어 있는 여운을 전해 주는 작가의 글을 읽으면 부친에게 물려받은 문필 외에 영혼의 심연에 자리한 그분을 향한 신앙이 엿보입니다. 온화한 성품과 사리에 맞는 분별 그리고 좌중을 아우르는 특유의 친화력이 글에서 그대로 드러납니다.

　망각과 기억 사이에서 인간은 방황합니다. 어쩌면 망각과 기억은 우리 삶을 지탱해 주는 두 극점인지도 모르겠습니다. 잊어버려야 할 아픔과 상처들을 끝내 지니고 살아가는 사람들과 잊어버리지 말아야 할 과거와 기억을 애써 지우려는 세상을 향한 메시지가 여기에 있습니다. 망각의 어둠 속에서 빛을 잃을 뻔한 이야기들이 작가의 조근조근한 목소리로 다시 살아나 우리 곁으로 돌아옵니다. 어린 시절 선물로 받던 종합선물세트 같은 책입니다. 한 편 한 편 기대와 설렘으로 페이지를 넘겼습니다. 뜻밖의 선물을 선사해 주신 구자명 작가에게 감사의 인사를 드리며 여러분에게도 이 선물을 나누고자 추천의 글을 씁니다.

누군가 말해야 하는 분명한 '소리'를
글로 풀어내는 작가

인간의 가치란 그가 품고 있는 이상에 따라 결정된다. 구자명 작가의 글에는 강력한 '시선'이 있다. 그 시선은 눈이 되었다 귀가 되었다 입이 되었다가 가슴이 되기도 한다. 그 변화는 스스로 이 사회로부터 끌어당긴 힘에 의해 존재한다.

누군가가 말해야 하고 지적해야 하는 분명한 '소리'를 그는 글로 풀어낸다. 그 소리의 바탕은 개인적 고집이 섞인 사회적 강론에 그치지 않고 가톨릭 정신에서 비롯된 것으로 보인다. 이미 그 좌우의 역사성이 그의 글에서 짚어진다. 그 역사성에 부친이신 구상 시인의 정신이 읽혀지는 데서 번쩍 고개를 들게 된다. 구상 시인은 존재론적 무위에 큰 비중을 두고 강의하신 바 있다. 물론 시에서도 강력하게 나타나는 정신적 향기는 존재론적 가치와 의미였으니까……

구자명의 글은 바로 이 두 가지 맥락에서 자신의 삶을 비롯해 사회적·국가적 흐름과 배경을 껴안고 질타하기도 한다.

살아가는 기술이란 모든 것을 받아들이는 능력을 가지면서도 아무것도 없이 지낼 수 있는 방법을 배우는 일이다. 구자명은 바로 그

시인 **신달자**

아량으로 자연을 끌어들인다. 그리고 글을 읽노라면 선명하게 '천천히'라는 말을 배운다. 느린 행보에 뚜렷하고 명백한 시선이 작용하면서 가슴으로 안아들인다.

〈나는 왜 사소한 일에 분노하는가〉에서는 소유욕과 허상의 사회에 짜릿한 매질을 하는 통쾌함이 있다. 그의 분노는 소시민의 분노이며, 그는 소시민을 대표한 '소리'를 널리 전달하는 격이다. 너무나 심하게 마비되어 옆 사람의 울고 있는 표정을 가볍게 스쳐지나가는 사람들에 대한 격분이다. 물론 이런 사회적 분노는 더 말할 것 없이 경건한 신앙의 뿌리에서 솟구쳐 오르는 것이다. 가톨릭적 사상이 배어 있는 그로서는 결코 용납되지 않는 현상인 것이다. 겉은 다른 사람에게 의인으로 보이지만 속은 위선과 불법으로 가득한 (마태 23~28) 성경적 일상에서 본다면 그의 분노는 모든 국민의 사회적 분노일 것이다.

'영적 만성영양결핍증'이라고 지적하는 그의 야무진 감성적 분노는 소모가 아니라 그로부터 사회적·인간적 질서를 잡아 가는 길이 될 것이기에 공감력이 배가되는 것이 아닐까.

〈요수樂水의 시간〉에서는 구자명 작가의 열린 영혼을 만난다. 산이 아니라 강에 더 마음이 끌리는 것도 가톨릭 정신의 바탕이라고 나는 생각한다. 강에서 세례를 받은 예수님의 정신과 모든 걸 씻겨 흐르는 물의 성분이 그의 정신적 가치에 매우 부합하기 때문일 것이다.

강가 작업실의 창 옆에 서 있는, 혹은 강을 따라 걷는 그의 모습이 참 아름답고 시적이다. 시인의 딸이 강가를 돌며 지나가는 바람을 잡고 한마디씩 나누는 모습은 바로 그의 일상에서 가장 존귀한 시간일 터이며, 종교적 대화 그리고 돌아가신 부친과의 대화도 그때 이루어지는 것이 아닐까. 그래서 구자명의 글에서 늘 '정신'의 가치를 느끼게 되는 것이리라. 인위적인 것은 이미 정신이 아니지 않은가. 일상과 생활에 밴 정신은 늘 그냥 스치는 법이 없다.

〈아픈 봄날, 릴케의 속삭임〉은 저 깊은 우리의 무관심과 배타적인 심성을 건드린다. 그래서 아프고 그치지 않는 마음의 통증을 반성하게 만들기도 한다.

"모든 이별을 앞지르게" 한다는 세월호의 통증도 떠남을 사랑으로 되돌아보게 하는 정신의 넓이로 껴안으려는 자기 시도가 절실하다. 특히 마지막에 "이미 자신들의 겨울을 살아낸 꽃들은 다만 아름답다"라는 결론에서는 숙연해진다. 국가의 재난 비극에 투사돼 작동된 실존적 병리를 환기시키는 작가의 사상을 아름답게 마무리하고 있는 장면은 아무래도 주님께서 함께하는 영상이 우리 앞에 펼쳐지는 듯도 한 것이다. 이 또한 위대한 언어의 선교가 아니고 무엇이겠는가.

1 안주 속의 미망

2 나는 왜 사소한 것에 분노하는가

3 겨울 황하에 서서

4 내 마음의 터널

5 나의 아버지 구상 시인

1

안주 속의 미망

달오산의 여우들은
어디로 갔을까?

봄이 오면 내 고향 안산案山의 여우들이 생각난다. 뜻 그대로 집터나 묏자리의 맞은편에 자리 잡은 산의 하나로, 어릴 적 살던 집인근에 달오산月塢山이 있었다.

삼월 하순에서 사월 초순경, 그야말로 복숭아꽃, 살구꽃, 아기진달래 만개한 이 산으로 동네 '가스나'들 몇몇이 작당하여 나물을 캐러 가곤 했다. 달오산은 '달 월月' '둑 오塢' 자를 쓰는 한자 이름대로 달처럼 둥그러니 두둑을 이룬 형상을 한, 우리 동네 아이들의 정다운 놀이터였다.

그런데 달오산은 친근한 놀이터로서의 면모 외에도 한 가지 신비한, 수수께끼적 요소를 품고 있는 곳이었다. 밤이면 더러 어린애가 앓을 때 내는 소리 같은 짐승 울음소리가 우리 동네까지 들려왔기에 그 산에 여우가 많이 산다고 알려져 있었다. 실제로 그게 무슨 짐승의 소리였는지 지금 와서 확인할 길 없으나 당시 우리 동네 사람들은 윗동네에 속하는 자고산鷓鴣山 일대의 여우들이 달오산까지 들락거린다고 믿었다.

그곳에는 예로부터 여우가 많이 출몰한다고 해 '여우골'이라고 불리는 마을이 있었다. 동네 사람 중에 아무도 여우를 실제로 본 사람은 없는 것 같았지만, 아이들은 여우가 언제 출몰할지 모르는 달오산에 갈 때는 일단 바짝 긴장을 했고 모종의 스릴마저 느꼈다. 그것은 우리가 역시 놀이터로 삼았던 강나루나 과수원, 소시장 등에서 기대할 수 없는 달오산만의 매력이었다.

봄에 나물 바구니를 옆에 끼고 몇 살 더 먹은 언니들을 따라 달오산 '원정'을 나설 때면 나와 또래 동무들은 지금으로 치면 아마존 오지 탐사라도 가는 양 신체 모든 감각에 날을 세웠다. 나물을 캐다 보면 각자 좋은 터를 찾아 이리저리 흩어지게 마련. 어쩌다 마른 가지 스치는 소리, 산새 날아오르는 소리, 풀숲에서 개구리 튀어 오르는 소리, 들쥐가 내빼는 소리라도 방심 중에 듣게 되면 깜짝 놀라서 일행을 찾아 달려가기 일쑤였다.

여우는 언제라도 기척 없이 나타나 그 탐스럽고 길다란 꼬리를 휘둘러 둔갑술로 사람 정신을 홀려놓고 간을 빼먹을 수 있는 요물이었다. 해질녘이나 비올 때 더 잘 나타난다는 누군가의 얘기를 정설로 신봉하던 우리는 되도록 맑은 날 해거름 전에 철수하곤 했는데, 한번은 이례적인 경우가 발생했다.

유일하게 이름이 생각나는 그 시절 동무, 여러 해 전 지병으로 일찌감치 저세상 사람이 됐다고 풍문으로 들은 길 건넛집 딸 귀조와 단둘이서 달오산 원정을 감행했던 적이 있었다. 그 애와 나랑은 자고새면 붙어 다니는 짝지였다. 그날따라 비가 부슬부슬 오는데 그 애 엄마가 무슨 약으로 쓸 일이 생겼으니 쑥을 한 소쿠리 뜯어 오라고 시켰다며 함께 가자고 했다. 나는 궂은 날씨라 내키지 않았지만 한 번도 비 오는 날 가본 적이 없는 달오산이 궁금하기도 했다.

봄비 내리는 달오산은 온갖 수목이 촉촉이 젖어 더 선명하고 생동감 있는 모습으로 우리를 맞았다. 나는 나물을 할 생각이 없었으므로 그 애가 나물을 캐는 동안 주변에서 진달래 잎을 따먹기도 하고 풀꽃을 따서 목걸이를 엮기도 하면서 혼자만의 공상에 빠져들었다. 그러다가 문득 눈을 들어 저만치 바라보니 야트막한 둔덕에 개 몸집이 들락거릴 정도의 작은 굴이 뚫려 있는 게 보였다. 순간, 말로만 듣던 여우굴을 발견했다는 생각과 함께 온몸에 소름이 좌르르 돋았다.

하지만 나는 자정에 측간에 가면 빨간 손 파란 손이 밑에서 올라온다는 괴담의 진위를 확인하러 일부러 자정에 일어나 볼일을 보러 가는 좀 별난 기질의 아이였다. 나는 동무에게 말도 안 하고 십수 미터 떨어진 그 굴을 향해 슬금슬금 다가갔다. 하지만 막상 그 앞에 당도했을 때 아기 앓는 소리 같은 짐승 울음소리를 들은 듯해 머리털이 쭈뼛 섰고 굴 안을 들여다볼 용기가 나지 않았다. 잠시 머뭇대고 있으려니 굴 안에서 버스럭거리는 기척이 났다. 평소의 오기는 다 어디로 갔는지 나는 냅다 비명을 지르며 귀조한테 달려가서 "저기 여우 있대이, 퍼뜩 내빼자!" 하고 소리치고는 앞서 줄행랑을 쳤다.

어리둥절해진 귀조는 나물 바구니를 대충 수습해 들고 따라 내려오며 물었다. "니 봤나? 진짜 여우 맞나?" 나는 대꾸도 안 하고 한달음에 산 아래 신작로까지 내려와 그제야 숨을 돌리며 말했다. "봤다! 꼬리가 억수로 크더라! 털이 북실북실하고……." 착한 귀조는 내 말을 믿는 듯 한숨부터 쉬었다. "아야, 우야노…… 나물도 못 댕기겠네."

그날 이후로 나와 귀조는 다시는 달오산에 오르지 않았다. 이듬해 봄 초등학교에 입학한 우리는 놀이시설이 있는 학교 마당에서 많은 시간을 보냈고, 나물을 캐더라도 논밭이나 들판에서 캤다.

반세기가 지난 지금도 나는 마지막 달오산 원정에서 느꼈던 강렬한 호기심과 미묘한 두려움을 잊지 못한다. 그 굴을 들여다봤어야 했는데, 막상 용기를 내지 못해 '대사'를 그르친 비겁함을 떠올리면 아직도 얼굴이 붉어진다.

그러나 한편으론 영원히 미스터리로 남은 달오산 여우가 내

인생이 재도전해야 할 미제謎題를 상징하는 것 같아 그때 확인하지 못한 게 다행스러운 생각도 든다. 세상에 더는 확인하고 싶은 게 없다면 살아갈 재미가 없지 않은가!

하수상한 세월 속에 사람들의 가치관이 매사 즉물적으로 돌아가고 있어 세상사 모든 게 지리멸렬하고 진부하게 느껴져 의욕이 잘 나지 않는다. 그럴 때 어릴 적 달오산 여우를 떠올리면 삶이 제법 신비로워지는 기분이다. 이제라도 만나고 싶다, 달오산의 그 여우……. 여우야, 여우야, 어디 갔~니?

망각의 힘

해가 바뀐 지 며칠이나 된다고 한 살 더 먹은 티가 새록새록 드러난다. 머리카락도 더 빨리 세고 방향감각도 더 둔해지고 숫자 계산도 더 더뎌졌을뿐더러 피로나 숙취로부터의 회복도 이전 같지 않다. 이런 소소하지만 자탄하지 않을 수 없는 변화들 중에서 가장 난감한 것이 기억력의 급감퇴다.

누구나 중년 이후면 겪게 되는 현상이라지만, 어느 날 아침 잠에서 깨어 그날 할 일을 떠올렸을 때 머릿속 수첩이 방점 하나 없이 깨끗하게 비어 있다면 증세가 좀 심각한 게 아닐까? 그래서 실제로 메모를 해둔 수첩을 찾아 가방을 뒤지니 수첩 자체가 어디로 갔는지 보이질 않는다. 온 집안을 뒤진 끝에 포기하고 아침밥이나 앉히려고 전기밥통을 열다가 그 안에 찐 가지처럼 얌전히 놓여 있는 수첩을 발견한다. 이상 한파와 폭설로 아무리 채소가 귀하다지만 수첩을 쩌먹을 생각을 했을 리는 만무한데 이게 웬일? 간밤에 부엌에서 설거지를 하다가 어디선가 걸려온 전화를 받고 수첩을 펴서 약속을 적어 넣던 기억까진 나는데, 그 이후의 내 행동거지가 봄날 아지랑이 속 풍경처럼 가물가물한 것이다. 창피한 마음에 누가 알까 잽싸게 수첩을 챙겨 거실로 나와 메모를 뒤져 보니 중요한 할 일이 예닐곱 가지나 적혀 있는 게 아닌가.

아니, 우째 이런 일이? 망연자실해 앉아 있자니 남편이 묻는다. 뭐 낭패 본 일 있어? 얼굴이 왜 그래? 동병상련의 위로를 바라는 마음으로 이실직고하니 되돌아온 말. 그러게 몇 안 남은 뇌세포 관리 잘하라 했잖아. 지난 연말 술자리가 잦았던 그가 한동안 약속이나 물건 둔 장소를 까맣게 잊거나 헷갈리곤 해서 '취매醉呆'라 진단하며 놀리기를 즐겼는데 그 갚음을 받은 셈이다. 뭐라 한마디 되쏘아줄 묘언을 찾는데, 남편이 뜻밖에 진지한 화두를 꺼낸다. 우리 이렇게 살아도 되는 걸까? 새로 쏟아져 들어오는 것들에 자리를 내주느라 지나간 것들이 머물 새 없이 빠져나가 버리는 우리 부부 공통의 딜레마에 던지는 물음이었다.

이 물음은 내게 서양 철학사에서의 어떤 길항抗을 상기시킨다. 니체는 현재의 삶을 그 자체로서 받아들이지 못하는 인간을 '역사적 인간'이라고 불렀다. 그리고 이 역사적 인간들은 세상에서 불행한 삶을 숙명적으로 짊어질 수밖에 없으므로, 인간이 행복해지려 한다면 망각의 능력을 갖추어야 한다고 말했다. 이와 반대로, 플라톤은 진리의 인식이란 영혼이 신체와 결합하기 이전에 직관했던 우리의 본향 '이데아'를 상기하는 것에 지나지 않는다고 주장했다. 플라톤 철학이 기억을 중시하는 반면, 니체 철학은 망각을 중시하는 셈이다.

개인적으로 나는 두 철학자의 주장에서 각각 취하고 싶은 요소가 있지만 굳이 선택을 하라면 니체 쪽으로 좀 더 기울 것 같다. 그 이유는 내가 '기억하고 싶은' 이상으로 너무 '기억해야 할' 것이 많아진 세상에서 행복은 둘째치고 미치지 않기 위해서라도 망각의 힘이 필요한 때문이다. 아마도 예수님께서 "하늘나라는 이 어린이들과 같은 사람들의 것이다"라고 하신 데는 어린아이들이 망각의 천재라는 사실이 전제되어 있지 않을까 싶다. 그만큼 어린아이들은 과거도 미래도 아닌 오로지 현재에 충실함으로써 '행복해지기'에 능한 존재인 것이다.

시각을 달리해 본다. 밤사이 빡빡한 이튿날 일정을 컴퓨터의 '딜리트' 키 누르듯 말끔히 삭제시켜 버린 나의 뇌가 어떻게 보면 충실히 제 기능을 다 하고 있는 건지도 모른다. 나의 그 참담한 건망증도 사실 과부하의 사고를 미연에 방지하려는 자구책이 아닐까. 착실히 나빠지고 있는 기억력을 슬퍼하지 말자. 좀 덜떨어진 듯 보이더라도, 또 설령 허술한 기억 때문에 하는 일에 더러 차질이 빚어지더라도, 니체의 표현처럼 불행한 '역사적' 인간이 되느니 행복한 '비역사적'인 인간이 되는 게 낫지 않으리.

안주 속의 미망

요즘 나는 지난 두어 해 키워 온 우리집 토끼를 볼 때마다 이중적인 감정을 느낀다. 이 녀석이 누리는 평온무사한 삶이 일편 부럽기도 하고, 일편 한심스럽게도 생각되는 것이다.

녀석은 아파트 문밖 테라스에 엉성하게 울타리 쳐서 만든 토끼장에서 살지만 아무 때나 드나들 수 있게 입구를 터놓았기에 사실상 우리는 이 애완동물을 놓아 기르고 있는 셈이다. 그래서 녀석은 우리 집이 위치한 아파트 2층 복도를 제 마음대로 쏘다니며 이집 저집 테라스를 기웃거리고 내키는 대로 제 별채로 삼는다.

그런데 신기한 것은 녀석이 절대로 2층 복도 밖으로 벗어나는 일이 없다는 거다. 생래적으로 호기심이 많아 온갖 것에 코를 갖다 대고 턱을 문질러 영역 표시를 하고 다닐 뿐 아니라 1미터쯤은 쉽사리 솟구쳐 오르거나 뛰어내리는 녀석인데 희한하게도 2층 복도 위아래 계단으로 진출하는 데는 전혀 관심을 보이지 않는다. 이따금 식구들이 안고 내려 풀밭에 풀어놓기도 하고 재미삼아 다른 층에 데리고 올라가 보기도 하지만 녀석은 오로지 제 영역을 2층 복도에 제한시킬 뿐, 제 활동 공간을 넓히는 데는 도통 흥미가 없는 듯하다. 어쩌면 녀석은 2층 복도가 세상의 전부라고 믿는지 모른다. 어쩌다 한 번씩 가본 풀밭이나 다른 층 복도는 실체가 없는 환영으로 여기는 게 아닐까.

'토끼 생각'을 인간이 어찌 알랴만은, 녀석의 행태에서 나는 일정한 테두리 안에서 추구 가능한 자유와 평화에 안주하는, 맹목盲目의 정체된 존재 방식을 본다. 복도 밖의 세상은 아예 알려고 하지도 않고 먹이와 거처할 곳이 보장되는 그 한 곳에 전적으로 적응하여 자기가 처한 환경을 세상 다인 양 알고 살아가는 모습이 우물 안 개구리와 다르지 않다.

그러고 보니 '삶은 개구리 증후군'이란 심리학 용어가 생각난다. 프랑스 음식에는 삶은 개구리 요리란 게 있는데 개구리를 산 채로 냄비에 넣고 조리한다고 한다. 이때 물이 너무 뜨거우면 개구리가 펄쩍 튀어나오기 때문에 맨 처음 냄비 속에는 개구리가 가장 좋아하는 온도의 물을 부어 둔다. 그러면 개구리는 따뜻한 물이 아주 기분 좋은 듯 가만히 엎드려 있는데, 이때부터 매우 약한 불로 물을 데우기 시작한다. 아주 느린 속도로 서서히 가열하기 때문에 개구리는 자기가 삶아지고 있다는 것도 모른 채 기분 좋게 잠을 자면서 죽어 가게 된다. 안일한 삶에 무의식중에 익숙해져서 변화하는 현실을 인식하지 못하고 나태하게 안주하다가 파국을 맞는 인간의 경우를 빗댄 것으로, 일명 '비전vision상실증후군'이라고도 한다.

살다가 아주 가끔은 걱정이 된다. 내가 우리 집 토끼처럼 주어진 상황에 안주하며 얻어진 편안함을 궁극적 평화인 양 착각하여, 프랑스 냄비요리 속의 개구리처럼 안온한 자기만족의 국물 속에서 서서히 익어 가다 후회스런 결말을 맞게 되지 않을까 하고. 그러나 대체로는 어떻게 하면 하루빨리 그 따스한 국물 속에 몸을 담글 수 있을지에 더 골몰한다.

혹 "너희에게 평화가 아니라 칼을 주러 왔다"고 하신 예수님 말씀을 머리가 아닌 가슴으로 깨닫는다면 헛된 그 미망迷妄에서 벗어나게 될까?

그 어머니의 은방울꽃 사랑

오락가락하는 짓궂은 날씨 탓에 냉온욕을 번갈아 하듯 지낸 이
봄도 이제 정점에 다가가고 있다. 아직 겨울옷도 정리해 넣지 못
하고 있지만 곧 만화백곡이 환호하며 영접할 계절의 여왕이 그 화
사한 옷자락을 펼치며 내방할 것이다. 나라 안팎에서 벌어지고 있
는 갖가지 불행스런 사태에도 불구하고 사람의 마음은 어느새 눈
치 없이 그 환한 시간에의 기대로 부풀어 오르며 위로와 희망의
기미를 찾아 분주히 쏘다닌다. 그런 중에 맞닥뜨린 눈물겹게 진솔
한 시 한 편의 울림 - 그 행복한 조우에 내 경직되고 황폐해진 마
음은 고수질 온천수로 목욕한 듯 단숨에 탄력과 윤기를 회복한다.

마을에서 제일 볼품없고 초라한 집
지은 지 오래되어

기둥 몇 개가 벌레 먹은 사과처럼 썩어가는 집

예순 넘은 어매와

손발을 쓰지 못하는 서른 넘은 아들이 사는 집

어매는 집 앞 작은 텃밭에

강냉이 물외 애호박 심어

아들의 입을 즐겁게 하려고 애쓰는 집

김대근 시인의 〈그 집 모자의 기도〉란 시의 첫 단락이다. 모두 세 단락으로 이루어진 그 시는 뇌성마비 장애를 지닌 그의 실제 삶을 그대로 그린 듯하다. 수년 전부터 인연 맺어 온 장애인 문학지 《솟대문학》*에는 이 시처럼 소박하면서도 강한 흡인력을 지닌 작품들이 많이 실린다. 그래서 나는 시간상 다른 문예지들은 지나쳐 버릴 때도 이 잡지는 빼놓지 않고 읽는 편이다.

김 시인의 위 시에서 내가 특별한 감동을 느낀 것은 사실 맨 마지막 단락 때문이지만, 아들의 입맛을 생각해 채마밭을 가꾸는 어머니를 묘사한 첫 단락에서부터 내 가슴에는 이미 행복한 훈김이 서리기 시작했다.

상상해 보라. 다 쓰러져 가는 오두막에서 늙은 어머니가 손수 농사지은 고소한 찐 강냉이와 상큼한 물외무침, 신선한 애호박찌개 등이 오른 밥상을 가져갈 때 몸 불편한 아들이 고인 침을 삼키며 입매가 벙글어지는 광경을. 그 밥을 맛나게 받아먹긴 하는 아들이지만 기실 그는 어머니의 헌신이 지극할수록 그녀가 안쓰럽고 자신의 처지가 비감스러울 뿐이다. 그래서 그 시의 중간 단락에서 무서운 태풍이 불어닥친 어느 늦여름 밤 허술한 집에 물이 마루 위까지 들어차는 위험한 사태에 처했을 때 아들은 믿지도 않던 하느님께 기도를 한다. 감사하다고. 제발 어머니가 도움을 청하러 간 사람들이 오지 않게 해달라고. 결국 그를 업고 안전한 곳으로 옮겨줄 이웃을 어머니가 데리고 오자 아들은 하느님을 원망한다. 자기 기도를 들어주지 않았다고.

하지만 시인은 진실을 간파하고 있었기에 시의 결미를 이렇게 갈무리한다.

> 그러나 아들은 몰랐네
> 그가 기도를 했던 시간에
> 그의 어매도 기도를 했다는 것을

나는 이 마지막 단락에서 이마를 치는 듯한 충격을 받고 잠시 멍해져 있었다. 그러나 곧 눈시울이 뜨거워지면서 가슴속에 환한 행복감이 번져 올랐다. 마치 숲 속을 걷다가 어둑한 나무 그늘에서 영롱하기 그지없는 은방울꽃 한 포기를 발견한 느낌이었다. 꽃말이 '반드시 행복해집니다'라는 은방울꽃은 장미와 더불어 성모님의 꽃이라고도 알려져 있다. 김 시인은 소박하고 꾸밈없는 언어를 통해 성모의 모상을 지닌 한 어머니가 보여주는 사랑을 더없이 효과적으로 전달하고 있다. 자식을 위해서라면 한순간도 희망을 포기하지 않는 그 은방울꽃 같은 사랑을.

---

* 국내 유일의 장애인 문학지로 25년간 연속 발간되어 오다가 2015년 10월을 끝으로 폐간되었다. 정부 지원이 끊긴 탓이 컸다. 올해 9월부터 《솟대평론》으로 개칭하여 복간될 예정이다.

금 간 물동이의 복

한 달포 간 시름시름 앓느라 글 한 줄 못 쓰고 지냈다. 연재 하나가 끝나 그동안 답보 상태에 있던 장편 집필에 팔 걷고 달려들려던 참이었는데 불청객들이 잇따라 찾아왔다.

맨 먼저 덮친 것이 두개골 안팎을 면도날로 사악사악 저며 대는 듯한 통증이 수 분, 심하게는 수 초 간격으로 일어나는 삼차신경통이다. 중년에 들면서 일 년에 두세 차례 예고 없이 찾아오는 손님이다. 양방, 한방, 대체의학을 가리지 않고 내가 할 수 있는 모든 치료법을 동원하고도 일주일은 족히 시달린 다음에야 통증이 겨우 가라앉았다.

이제 살았구나, 하고 한숨을 내쉬는데 또 다른 손님이 들이닥쳤다. 원인이라곤 밖에서 과일주스 한 잔 사먹은 것뿐인데, 몸살을 동반한 설사병이 나흘 동안 계속되었다. 탈수증과 허기에 시달리다 겨우 정상 식사를 하게 되었을 즈음, 다른 정기검진 때문에 했던 혈액검사 결과가 나왔다. 간 수치가 별로 안 좋단다! 게다가 건강에 대한 염려 때문인지 평소 기본으로 달고 사는 견비통, 요통도 더 심해지는 듯했다. 한탄이 절로 나왔다. 에고, 나더러 어쩌라고!

내가 이렇게 병고를 겪으며 뭔가 잔뜩 억울한 심정으로 실의에 빠져 있을 때 해외에서 지인 한 분이 중국 우화 한 편을 메일로 보내왔다. 요약하면 이렇다.

한 할머니가 날마다 물동이 두 개를 기다란 막대 양쪽에 걸어 메고 냇가로 물을 뜨러 다녔다. 그런데 물동이 하나는 온전한 반면 하나는 금이 가 있어 물을 채워 돌아오는 동안 반은 새버렸다. 그래서 할머니집 독에는 언제나 물이 한 동이 반만 채워질 뿐이었다. 이런 식으로 몇 년이 지나는 동안 온전한 물동이는 자기 역할에 대해 자랑스러웠지만 금이 간 물동이는 늘 부끄러웠다. 어느 날 그 물동이는 할머니에게 미안함을 표시하며 말했다. "저는 제 자신이 너무 창피해요. 금 간 옆구리 때문에 물이 다 새버리잖아요." 이에 할머니가 대답했다. "물동이야, 너는 왜 내가 너를 한쪽으로만 매달고 다녔는지 아니? 물 뜨고 돌아오는 길에 네가 매달린 쪽의 길섶에만 꽃들이 피어 있는 걸 봤는지 모르겠구나. 내가 길 그쪽에다 꽃씨를 뿌려 두었기 때문에 금이 간 너를 항상 그쪽에 매달고 다녔던 거란다. 네가 아니라면 우리 집 식탁을 아름답게 꾸며 주는 꽃들을 어떻게 얻을 수 있었겠니?" 그 말을 들은 이후 금 간 물동이는 더 이상 부끄럽지 않았다. 흠 있는 제 몸에 대해 주눅도 들지 않고 온전한 물동이만큼이나 당당하고 떳떳하게 지낼 수 있게 되었다.

들끓는 더위 속에 한 줄기 묏바람처럼 날아든 이 우화는 내게 큰 위안이 되었다. 여기서 금이 간 물동이는 나같이 시원찮고 위로를 필요로 하는 사람을 상징하는 것이리라. 이야기 속 할머니가 결점 있는 물동이가 꼭 쓰일 곳을 찾아냈듯이, 하늘에서도 걸핏하면 병치레나 해대면서 무력감에 시달리다 나가떨어지는 하자瑕疵 많은 '물건'인 내게도 꼭 쓰일 곳을 마련해 주시지 않을까? 아니, 그 하자 때문에 나만이 할 수 있는 것이 있지 않을까?

이런 생각을 하노라니 어느덧 두통도 견비통도 요통도 사라지는 것만 같다. 우리 앞에 어떤 복들이 준비되어 있을지 모르니 그 기대감 때문에라도 종착역까지 가봐야 하는 게 인생이라는 열차가 아닐까.

던져진 돌의 자유

지난 몇 해 동안 나는 우리 집에서 기르는 미니 토끼를 이따금 글감으로 삼아 왔다. 한번은 그 녀석과 주인인 나의 관계에 빗대어 나와 하느님의 관계를 생각해 보는 글을 썼고, 또 다른 글에서는 그 녀석의 '우물 안 개구리'적 삶에 빗대어 나의 안이한 실존을 성찰해 보기도 했다. 개나 고양이와 달리 소리도 안 내고 사람의 정을 받치지도 않고 먹이만 있으면 자족하여 혼자서 잘 지내는 이 독립적인 가축은, 제가 의도했을 리 없는 철학적인 상황 속으로 사람을 종종 끌어들인다.

생후 한 달 남짓 된 놈을 데려다 기른 지 3년이 훌쩍 넘었으니 사람으로 치면 한창 혈기왕성한 20대 청년이라고 할 수 있겠다. 그런데 아기 적엔 암컷인 줄 알고 키웠던 놈이 어느 시점에선가 뚜렷한 수컷의 성징들을 드러내면서 나의 고민은 시작되었다. 실내에서 사람과 함께 지내던 놈을 커가면서 털갈이며 배변 문제로 골치가 아파지자 현관 밖에 울타리를 치고 실외 사육을 하게 되면서 이 고민은 본격화되었다.

우리 집은 아파트 2층의 복도 끝에 위치해 식구들 외에 지나다니는 사람이 별로 없어 토끼는 제 '사생활'을 방해받을 일이 거의 없다. 그래서 집 앞에서 자유롭게 다니라고 울타리 문을 늘 열어놓는데, 녀석은 타고난 호기심에다 수컷의 성질이 가세하여 복도 전체를 제 집 마당 삼아 하루 종일 돌아다닌다. 물론 콩알 같은 똥도 여기저기 흘리고 다니기에 자청한 전속 메이드인 내가 아침저녁으로 빗자루를 들고 다니며 쓸어 모아야 한다. 우리 층 사람들이 녀석을 다 귀엽게 보아 탓하지 않으므로 그냥 내버려두는데, 신기한 것은 복도 현관문 밖으로 절대 나가지 않는다는 것이다. 앞다리가 짧아 아래층 진출은 힘들다 치더라도 1미터쯤은 가볍게 솟구쳐 오르는 높이뛰기 선수인 녀석인데 위층으로 가는 계단 주변도 얼씬거리지 않는 게 정말 이상하다.

하여간 녀석은 제 활동 반경을 전적으로 2층 복도에 제한시키고 그 안에서 완전한 자유를 누리며 지낸다. 게다가 외로워선지 심심해선지 하루의 적지 않은 시간을 제 집보다 가운뎃집 테라스에 떡하니 앉아 복도 현관을 드나드는 사람들을 구경하며 보낸다. 이런 모습을 보면 마음이 쩡해 짝을 지어 줘야 하지 않나 싶지만, 토끼의 번식력을 감당할 자신이 없다. 중성화 수술이란 것을 시켜 짝을 지어 줄 수는 있겠지만 '비인도적'이라는 생각에 그러기도 싫다.

그러니까 우리 집 토끼는 자기가 던져진 비자연적인 세계 속에서 자신을 적절히 적응시켜 나름대로 최대한 자유를 보장받고 살지만, 모든 생명의 주요 권리인 번식할 권리가 배제된 그 자유는 기본적으로 자기결정권이 없는 빈껍데기 자유가 아닐까.

"나는 돌은 제 스스로 나는 줄 안다."

17세기 네덜란드 철학자 스피노자가 한 말이다. 누군가의 '던짐'에 의해 날아가는 돌이 제 스스로 자유로이 날아가는 것으로 착각하여 사태의 선행 원인을 무시하고 자유롭다 주장함을 빗댄 것이다. 그는 선행 원인, 즉 자기 본성의 필연성을 깨닫지 못하고서는 진정한 의미에서 자유를 획득할 수 없으며, 맹목적인 자유의 추구는 오히려 속박을 야기할 따름이라고 갈파했다.

우리 집 토끼는 제가 자유롭다고 느낄지 모르겠지만 내가 보는 입장에서 녀석은 나에 의해 '던져진 돌'일 뿐이다. 아파트 복도 내에서 마음껏 돌아다니며 제 편한 대로 지낼 수 있는 자유를 자기가 잘 처신함으로써 스스로 '획득'했다고 생각할지 모르겠다. 그런데 그 선행 원인은 사실 이렇다. 주인인 내가 짝 지어 주기를 마다해서 저 혼자 지내게 되었기에 그 정도 자유라도 보장받는 것이다. 토끼가 두 마리 이상 되면 많아질 배설량이나 불편해할 이웃 때문에 풀어놓지 못할뿐더러 번잡스러워 아예 사육을 포기할 수도 있지 않겠는가.

살면서 아닌 척 딴청 피우지만 결국 맞닥뜨리지 않을 수 없는 물음을 우리 집 토끼군은 잊을 만하면 한 번씩 일깨운다. '던져진 돌'인 나는 날아가 닿을 종착지를 내 뜻대로 정할 수 있을까?

우리 안의 천재를 꿈꾸며

근년 들어 교유하게 된 문인 중에 사십대 후반의 노총각이 있다. 그에게 왜 결혼을 안 했냐고 물었더니 자신이 생각하는 이러저러한 기준에 들어맞는 여성을 아직 만나지 못했다고 한다. 헌데 그 기준이란 것이 외모, 지성, 경제력 등 뭣 하나 빼놓지 않는 퍽 까다로운 것이어서 내게 의아심을 불러일으켰다. 대학에 시간강사 나가는 무명의 문사로 제 한 몸 겨우 부양하는 처지에 무슨 배짱으로 저리 도도하게 군단 말인가! 내 속마음을 읽었는지 그가 웃으며 덧붙였다. 남들이 저보고 천재라더군요.

아, 천재! 그렇다면 이야기가 달랐다. 실제로 그가 천재인지 어쩐지는 아직 검증할 기회가 없었지만 그의 언변과 저술들을 볼 때 그가 재능 있는 사람이라는 데는 동의하지 않을 수 없다. 그 재능이 만일 어떤 상황들에서 비상한 면모를 발휘했다면 사람들이

'당신은 천재'라고 추켜세웠을 수가 있다. 그러나 아인슈타인이나 레오나르드 다빈치급의 천재가 아니라면 그것은 수재급의 재능을 좀 과장해서 표현한 덕담에 불과한 것이기 쉽다. 더구나 그는 수재 秀才의 사전적 의미 중 하나인 '미혼 남자를 존경하여 붙이던 옛 호칭'에도 걸맞은 호적상 신분을 갖고 있지 아니한가. 나는 약간의 장난기를 담아 이렇게 대꾸했다. 그래요, 천재의 아내가 되려면 모든 걸 접고 멸사봉공해야겠지요.

농담조로 얘기했지만 사실 이것은 내 의식 속에 오랫동안 자리 잡고 있던 생각이다. 천재란 하늘로부터 특별한 재능과 소명을 받고 태어난 사람이며, 길든 짧든 그의 한 생은 세상에 필요한 변화를 일으키는 촉매 역할을 부여받은 공인의 삶이라고 믿는다.

천재는 정치, 종교, 예술, 학문, 경제, 군사, 기술 등 다양한 분야에서 나타나지만 그 숫자가 절대적으로 적기에 사람들은 늘 천재에 목말라한다. 만성화된 모순으로 정체되고 출구가 안 보이는 난세의 위기에는 범재凡才들이 제시하는 '그 밥에 그 나물'식 대응은 물론, 수재들의 '백가쟁명百家爭鳴'적 처방이 별 소용 없다는 걸 역사는 보여줬다.

이때 위공爲公의 정신을 지닌 천재가 나타나 문제해결을 시도한다면 영속적이거나 완전하지 못할 수도 있겠으나 일정한 변화를 가져오는 뚜렷한 진보의 궤적을 남길 수는 있을 것이다. 사회학적으로 보자면 예수님도 그러한 난세에 태어나 인류 역사를 바꾼 종교의 천재이셨다. 다행인지 불행인지 소크라테스나 공자는 악처라도 있었다지만 예수님은 아내도 없이 멸사봉공한 고독한 천재의 표본이시다. 그러한 '울트라' 천재가 지금 다시 나타난다면 나부터도 만사 제치고 그를 따라나설 것만 같다. 그리고 추종자들의 긴 대열에 끼어 눈에 띄지 않는 곳에서나마 그가 자신이 소명 받고 온 일을 하도록 신명을 바쳐 도울 것 같다.

이런 상상을 하면 기분이 좋아지면서 몸에 엔도르핀이 솟는 듯하다. 하지만 우리의 히어로, 울트라 천재께선 일찍이 말씀하셨다. "하느님의 나라는 너희 가운데에 있다." 이 선언은 매우 파격적이다. 내겐 이 말씀이 나 같은 범재도 세상을 바꿀 능력이 있다는 얘기로 들린다. 지금과 다른 세상을 원한다는 것은 아이티, 이라크, 팔레스타인, 아프간, 북한 등 참담한 만성 고통 속에 신음하는 이웃을 위해 무슨 일인가를 해야 한다는 의미가 아니겠는가. 평화의 천재가 오시기만을 꿈꿔 온 지극히 평범한 내가 그들의 삶이 달라지도록 하는 데 어떤 기여를 할 수 있을까? 참으로 고민스러워 앞서 언급한 자칭 천재의 조언이라도 구하고 싶다.

벚꽃과 개망초 사이에서

은행에 다녀오던 길에 뭔가 이마 위로 포르르 날아 내리기에 떼어보니 벚꽃 이파리였다. 봄철이 되어도 별로 내려가지 않는 난방비 때문에 아파트 관리비를 내면서 잔뜩 찌푸려졌던 내 얼굴이 깃털보다 보드라운 봄꽃의 간지럼에 화들짝 놀라 펴졌다. 아, 그래…… 벚꽃철이구나! 나는 까맣게 잊고 있던 옛 연인의 전갈이라도 받은 양 허둥대는 마음이 되었다. 걸음을 멈추고 올려다보니 어린 꽃잎들을 매단 벚나무 가지들이 하얀 레이스 장막을 휘황하게 드리우고 있다.

복잡한 세상사에 마음이 휘둘려 남들은 벚꽃 구경을 일부러 하러 오는 동네에 살면서도 꽃이야 피건 말건 나 몰라라 지내온 무심함에 생각이 미치자, 문득 고정희 시인의 어떤 시가 생각나며 묘한 감회가 일어난다.

맞벌이부부 우리 동네 구자명씨
일곱 달 된 아기엄마 구자명씨
출근버스에 오르기가 무섭게
아침 햇살 속에서 졸기 시작한다
 (…중략…)
창밖으론 사계절이 흐르고
진달래 피고 밤꽃 흐드러져도
꼭 부처님처럼 졸고 있는 구자명씨
(…중략…)
그러나 부엌문이 여닫기는 지붕마다
여자가 받쳐든 한 식구의 안식이
아무도 모르게
죽음의 잠을 향하여
거부의 화살을 당기고 있다.

　이것은 우리나라 현대시사에서 중요한 작품의 하나로 대입 수
능 교재에도 오른 〈우리동네 구자명씨〉란 시의 일부다. 30대 초반
새댁 시절의 나를 모델로 하여 쓴 작품인데, 고정희 시인은 이 시를
쓰고 나서 내게 보여주면서 사람 이름을 실명으로 해도 되겠냐고
물었었다. 그 당시 나는 시건 소설이건 문학에 별로 관심이 없었기
에 좋을 대로 하시라고 대답했다.

그런데 국어 교사로 재직하는 나의 지인들은 이 시를 학생들에게 노상 가르치면서도 내가 그 실제 인물이었으리라곤 생각지 못하고 있었다. 그만큼 지금의 나는 "가사노동과 직장생활이라는 이중고二重苦에 시달리며 식구들의 안식을 보장하려고 안간힘을 쓰는, 슈퍼우먼 콤플렉스를 지닌 현대여성"이라는 교과서의 페미니스트적 해석과는 동떨어진 인상을 주변에 주는 모양이다.

그러나 40대 초반에 안타깝게도 요절하여 더는 친분을 나눌 수 없게 된 고정희 시인이 나란 사람에 대해 한 가지 잘 짚어낸 것이 있다. 나는 예나 지금이나 꽃이 피는지 지는지 잘 모르고 산다는 것. 페미니즘과 아무 관계도 없는 그 사실은 내가 인간의 일에만 쏠린 나머지 자연과의 교감에 얼마나 소홀하고 서툰지를 잘 말해 준다고 본다. 자연과의 교감에 문제가 있다는 것은 자연을 통해 전달하시는 하느님의 선물을 잘 즐기지 못한다는 얘기가 아니겠는가!

이와 달리 고정희 시인은 내가 기억하기에 자연 교감력이 뛰어난 사람이었다. 지금도 어쩌다 길가 풀숲에서 개망초가 무리지어 핀 것을 보게 되면, 와~ 하고 나도 모르게 환호하게 되는데, 이것은 고 시인이 그 꽃을 그리 좋아하며 탄성을 지르던 것이 마음속에 각인되어 개망초만 보면 튀어나오는 것이다. 그러니까 나는 대체로 '꽃보다 사람' 쪽인 셈으로, 사람과 어떤 형태로든 연관짓기 전까지는 자연의 미적 가치에 감응이 잘 안 되는, 좀 이상한 천성을 타고난 듯하다.

개망초를 사랑하고 자연친화적인 삶을 추구하던 고정희 시인, 그는 어느 여름 평소 좋아하던 지리산을 찾았다가 계곡의 급물살에 휩쓸려 많은 아낌을 받던 문학인의 명命을 놓아 버렸다. 한편 먹고사는 현실에 올-인 하느라 자연도 문학도 몰라라 했던 나는 지금 소설가로 살아가고 있으니, 인생 유전의 무상하고 헛갈리는 흐름을 뉘라서 가늠할 수 있으리.

올해는 강가 벚꽃길이라도 거닐며 꽃들의 향연을 눈여겨보리라. 그 두려우리만큼 눈부신 아름다움의 덧없는 황홀을 느껴보면서 꽃들이 어떻게 자기 삶을 완성하고 떠나는지 지켜보리라. 봄날은 가겠지만 다시 찾아올 훗날의 봄을 위해 꽃들이 어떻게 자신의 유한한 생명을 써버리는지도……

진눈깨비의 시간

이 봄은 정말 이상하다. 가뜩이나 나라 안팎의 어지러운 정세와 눈에 띄게 위축된 서민경제를 생각하면 답답하기 그지없는데, 여기저기서 들려오는 춘래불사춘春來不似春의 탄식이 마음을 더욱 무겁게 한다. 그 옛날 오랑캐 땅에 시집간 한나라 미녀 왕소군王昭君이 아니더라도 요즘처럼 궂은 날씨 속에 뭐 하나 속시원히 풀리는 것 없는 막막한 현실을 견디노라면 봄의 실종을 한탄하는 소리가 절로 나오게 마련이다.

며칠 전에도 황사 바람 속에 '오랑캐 땅'에서 고향의 봄을 그리는 심정으로 부옇게 퇴색된 하늘을 바라보며 한숨짓고 있는데, 갑자기 빗방울이 듣는가 싶더니 금세 진눈깨비로 변해 펑펑 쏟아지기 시작했다. 비도 눈도 아니고 진눈깨비라니! 나는 하늘을 향해 눈을 흘겼다. 20대 푸르른 시절부터 봄비는 감미롭게 귓전을 파고드는 정든 이의 속삭임 같아 좋아했고 봄눈은 마음을 들뜨게 해주는 축제 전야의 교향악 리허설 같아서 좋아했지만, 진눈깨비는 물도 얼음도 아닌 것이 지저분하고 청승맞단 생각에 딱 질색이었다. 더러 진눈깨비의 그 중간적 성질을 분위기 있다며 좋아하는 이들도 있지만, 나는 매사 이도저도 아닌 것을 싫어하는 성미라 아닌 밤에 홍두깨 식으로 진눈깨비를 퍼부어대는 하늘이 원망스럽기만 했다.

그러잖아도 우울해서 뭔가 기분전환이 될 만한 일이 없을까 궁리하던 중에 대기 중의 지저분한 황사 먼지를 다 끌어안고 떨어지는 그 을씨년스러운 '물얼음'은 내 기분에 '얼음물'을 끼얹었다. 나는 급성 무기력증에 빠져들었다. 그대로 있다가는 한없이 가라앉아 마감을 앞둔 원고를 포기해야 할지도 몰랐다. 나는 저녁상에 올릴 자극적인 기분전환용 메뉴를 생각하고 냉동고에서 꺼내 놨던 얼린 낙지를 도로 넣어둔 후 코트를 들쳐 입고 무작정 거리로 나왔다.

우산 위에 무겁게 내려앉는 진눈깨비를 느끼며 목적 없는 발길을 내딛다 보니 어느덧 한강공원이었다. 궂은 날씨 때문인지 강변에는 인적이 드물었다. 유람선 선착장에 붙은 카페로 가서 커피를 한 잔 시켜 놓고 강물을 내다보며 아무 생각 없이 그냥 앉아 있었다. 나와 마주 보이는 카페 홀 건너편에 중년의 남녀 한 쌍이 각기

나처럼 차 한 잔을 놓고 말없이 앉아 있었다. 십여 분이 흐르는 동안 그들은 각자의 의자에 깊숙이 기대어 한마디도 나누지 않고 창밖만 바라보았다. 싸웠을까? 나는 갑자기 궁금해졌다. 강에까지 와서 왜 아무 대화도 안 하는 거지? 십 분쯤 더 흘렀을까, 그때까지도 침묵으로 일관하던 그 남녀는 마침내 자리에서 일어나 카페 밖으로 나갔다. 직업적인 본능이 살아난 내 눈이 그들 뒤를 좇았다. 놀랍게도 그때까지 결별의 상황에 직면해 있는 것 같던 그들은 우산을 하나만 펴서 쓰고 서로 다정하게 감싸 안은 채 진눈깨비 속으로 사라졌다.

나는 한참 동안 그들의 뒷모습을 지켜보다가 수첩을 꺼내 메모를 시작했다. 그 사이 머릿속에서 소설 한 편이 구상되고 있었던 것이다. 제목은 진눈깨비의 시간. 화합하지도 결별하지도 못하는 관계, 비처럼 관계 속에 완전히 융합되어 같이 흐르지도, 눈처럼 제각각 자유롭게 흩날지도 못하는 관계……. 많은 남녀의 사랑이 그러한 어정쩡한 상황, 진눈깨비의 시간에 머물러 있는 게 아닐까?

누구를 사랑한다는 것, 더구나 흔들림 없이 온전히 사랑한다는 것은 그 진눈깨비의 시간을 잘 견뎌내며 살아가는 일이라는 생각이 든다. 진눈깨비는 물의 성질과 얼음의 성질을 함께 지니면서 환경의 변화에 따라 언제라도 비나 눈으로 바뀔 수가 있다. 그것은 비가 될까 눈이 될까 결정하는 과정에서 망설이는 상태이기도 하다. 우리에게 이 불확정성의 단계가 허락되지 않는다면 아예 모든 결정을 포기할 수도 있을 것이다. 왜냐하면 그 망설임의 시간이야말로 우리가 삶을 다각도로 검토하고 숙고하며 성장하는 때이기 때문이다.

점찍기 공부

제각기 다른 직업을 가진 7~8명의 지인들과 함께 만학도로 그림 공부를 시작한 지 두어 달 남짓, 무언가 좀 새로운 관점에서 삶을 바라보게 된 요즘이다. 우리를 가르치는 화가 선생님은 종래의 미술교육 현장에서 보지 못한 독특한 방식으로 우리에게 사물을 바라보고 그려내는 법을 알려주었다. 그것은 사물을 점들의 집합으로 보고 그 형태와 명암을 점을 찍어 표현하는 일종의 점묘點描 드로잉이었다.

내가 첫 드로잉의 대상으로 선택한 것은 에어컨 리모컨이었다. 일견 단순해 보였던 그 물건은 막상 그리려 하니 찍어야 할 점의 수가 바닷가 모래알만큼이나 무량하게 다가왔다. 일단 연필로 윤곽을 그린 후 그 연필선 위에 수성 볼펜으로 점을 찍어 대강의 형태를 잡는 데만 세 시간이 넘게 걸렸다. 그런 후 각 부분의 어둡고

밝은 정도에 따라 점을 많이 또는 적게 찍어 명암을 표시함으로써 물체의 입체감을 드러내야 했는데, 한숨부터 나왔다. 아, 저 많은 면을 이 티끌 같은 점으로 언제 다 메우나?

하지만 애써 부담감을 떨치며 눈에 보이는 명암대로 하나하나 점을 찍어 나갔다. 서너 시간이 어떻게 흘렀는지 모르게 점찍기에 몰두한 결과 뚜렷한 질량감과 입체감을 지닌 물체가 스케치북 위에 모습을 드러냈다.

와우! 깊은 밤 나는 혼자서 탄성을 질렀다. 해냈다! 중학교 때 이후로 그림이라곤 동그라미, 세모, 네모밖에 그려본 적 없는 내가! 나는 스스로가 기특하고 대견하여 신바람이 났다. 그 이후 틈만 나면 여러 가지 물건들을 그렸다. 냄비, 슬리퍼, 계란, 계란 껍데기, 토기 항아리, 담배, 물뿌리개, 의자, 테이블 등등……

이윽고 어느 날 저녁, 며칠 동안 마음에 품어 온 '야심작'에 도전했다. 제목부터 그럴듯하게 '빵으로만 살 수 없으니'라 붙여놓고 시작한 이 그림은 소재가 성경책과 빵이었다. 형광등 불빛 아래 펼쳐진 성경책 아래 두 덩이의 빵조각이 우연처럼 놓인, 영화로 치면 '미장센' 효과를 노린 시도였다. 한참을 신나게 점을 찍고 있는데 휴대폰과 집전화가 동시에 울렸다. 집전화로 한 사람과 먼저 통화한 다음 휴대폰에 찍힌 번호를 눌러 또 다른 사람과 통화를 마친 후 나는 진창에 빠진 기분이 되었다.

그즈음 내가 그 두 사람 사이를 애써 중재하던 중이었는데 그 날따라 각기 한 치의 양보도 없이 자기 입장만 고집하는 통에 여간 곤혹스럽지가 않았다. 전화를 끊고 나니 사람에 대한 실망감과 잘 풀리지 않는 인간관계가 주는 피곤이 홍수처럼 밀려왔다. 심란함을 떨치려 평소보다 더 맹렬히 점을 찍어 나갔으나 한번 뒤집힌 마음은 쉽게 진정되지 않았다. 다른 날 계속해도 될 것을 공연한 오기로 작업을 밀어붙인 결과는 참담했다. 가볍게 찍어야 할 곳이 손길 조절이 안 되어 너무 짙어졌고, 상대적으로 어두운 곳은 더 짙게 찍다 보니 숯칠한 것처럼 뭉개져 형태도 명암도 엉망이 되어 버렸다.

점찍기 공부는 내게 인생에서 한 순간 한 순간의 작은 점들이 쌓이면 궁극적으로 어떤 그림을 이루게 된다는 발견의 기쁨을 주었다. 또 순간순간의 실점失點이 자꾸 쌓이면 돌이키기 어려운 낭패를 맛보게 된다는 괴로운 깨우침도 주었다.

그러나 무엇보다 값진 배움은, 한 점 한 점 찍어 나가는 인생의 행보에서 순간순간 내딛는 발걸음 자체에 온전히 집중할 수만 있다면 충분히 멋진 삶의 그림이 그려지게 되리라는 것이다.

버릴 것을 버릴 때
찾아오는 것

살면서 우리는 버려야 할 것을 제때 버리지 못해 곤란을 당하는 경우가 왕왕 있다. 쓸모없어진 물건들, 좋지 못한 습관들, 청산해야 할 관계들, 분수에 맞지 않는 욕망들……. 사실 그런 것들은 버리지 못하면 인생의 족쇄가 되리라는 생각은 누구나 한다. 그런데도 무슨 핑계를 대서든 버리는 일을 미룰 수 있는 데까지 미루거나 또는 아예 포기해 버려, 그러잖아도 져야 할 짐이 많은 우리 삶에 불필요한 무게를 더한다. 거북이 등에 황금 갑옷이 무슨 소용이겠으며 물놀이에 비단 속옷이 무슨 보탬이 되랴.

얼마 전 고장 난 냉장고 때문에 '버리는' 일에 한나절을 '버리는' 경험을 하면서 나는 버릴 것을 버리지 못하고 살아온 값을 톡톡히 치러야 했다. 하루는 냉장고 주위에 며칠째 물이 흥건히 고이는 걸 보고 서비스센터에 기술자를 청하여 점검했더니 서리 자동

제거 기능에 이상이 있다는 진단이 나왔다. 일단 냉장고에 들어 있는 것을 모조리 빼내야 합니다, 하고 수리원이 말했을 때 나는 아연실색했다. 문제는 내가 그날 약속이 두 건이나 있고 넘겨야 할 원고도 있는 바쁜 날이라는 데 있었다.

그러나 더는 방치해 둘 수 없을 정도로 냉장고에서 물이 많이 새고 있었고 서비스센터 기술자와 시간을 맞추기가 쉽지 않다는 사실도 익히 알고 있는 터였다. 나는 급히 연락을 취해 두 건의 약속을 다른 날로 미뤘다. 그리고 치밀어 오르는 짜증을 애써 누르며 냉장고 속 내용물을 끌어내기 시작했다.

20년 가까이 된 고물 냉장고에서는 그 '연륜'에 걸맞게 세월의 냄새를 풍기는 물건들이 끝도 없이 나왔다. 말라붙은 젓갈들, 국적 불명의 갖가지 소스들, 어디선지 선물 받은 수입산 피클과 잼, 진짜 썩어버린 중국식 썩힌 달걀, 여행지에서 가져온 산지도 제각각인 장아찌들, 물에 불려 옛날식 튀김을 해먹으리라 싶어 두었던 안주 하고 남은 마른 오징어 다리들, 지난 몇 해 설마다 새로 빚어 먹고 남은 만두피 얼린 것, 국수 말 때 쓰려고 넉넉히 만들어 뒀다 하얗게 곰마지가 끼도록 까맣게 잊고 있던 멸치장국, 그리고 시어 꼬부라지거나 군둥내 나도록 묵혀둔 각종 김치, 김치들…….

세상에! 시효 만기 물건 박람회라도 연다면 이보다 더 적절한 표본들을 어디서 찾으랴. 물건 꺼내는 걸 거들어 주려 하는 서비스센터 기술자를 의식해서 나는 상관없는 이야기를 꺼내면서 딴청을 부렸지만 속으로는 너무나 창피했다. 어지럽고 혼란스런 나의 내면을 고스란히 노출시킨 것만 같아 민망하기 그지없었다.

어쩌자고 이 쓸모없는 것들을 꼭꼭 쟁여 둔 채 새로운 것을 들여놓을 공간이 늘 모자라 쩔쩔매며 살았단 말인가! 버려야 살리라. 그날 나는 떡 본 김에 제사 지낸다고 '부엌 물건 줄이기' 전격 작전을 감행, 무려 예닐곱 시간에 걸쳐 그 일을 완수했다. 용도 폐기된 음식들을 모아 버리고, 용기들은 씻어서 꼭 쓸 것만 빼고 재활용 쓰레기로 처리하고 나서, 헐렁해진 찬장과 냉장고를 반짝반짝하게 닦아놓고 나니 부엌 창에 저물녘 햇살이 금빛 느낌표로 걸려 있었다.

그날 밤 나는 뒤늦게 착수한 원고 때문에 거의 날밤을 샜지만, 기분은 그렇게 상쾌할 수 없었다. 비움의 기쁨, 그 흔흔한 기쁨을 실로 오랜만에 맛본 하루였다.

2

나는 왜 사소한 것에
분노하는가

선진공여국과 홍익인간

우리나라가 '원조 선진공여국 클럽'에 가입한 것은 불과 2009년
도의 일이다. 미국과 유럽을 제외하고 원조 선진공여국 클럽에 가
입한 국가는 한국과 일본 두 나라뿐인데, 더구나 한국은 원조를
받던 수혜국에서 원조를 주는 공여국으로 전환한 유일한 국가다.

국제사회에서의 이 새로운 멤버십이 의미하는 것은 무엇일까?
단군 이래 지금처럼 물질적으로 풍요로웠던 적이 없었을 거라고
들 말한다. 물론 점점 벌어지고 있는 빈부의 격차나, 전반적인 경기
침체, 국가소득 분배의 불균형 등으로 인한 상대적 빈곤을 몰라
서 하는 얘기는 아닐 것이다. 그래도 전 세계 200개가 넘는 나라
들 중에서 단 24개국뿐인 선진공여국의 하나가 된 것은 그만큼 국
가적 역량을 국제사회에서 인정받았다는 게 아니겠는가. 이는 국
민의 한 사람으로서 매우 뿌듯한 일이 아닐 수 없기에 나 역시 그

뉴스를 듣는 순간만은 콧등이 시큰해지며 잠시 감상에 젖었다. 아…… 우리가 참 먼 길을 왔구나, 하는. 그러나 곧 또 다른 생각이 스쳐 마냥 흐뭇해할 수만은 없었다.

원래 우리 민족의 건국 이념이 '홍익인간, 이화세계'란 것은 초등학교 교과서에도 나오는 익숙한 상식임에도 우리는 너무 오랫동안 그 큰 기본을 잊고 살아온 듯하다. 오랜 세월 끊이지 않은 외세 침략과 주권 침탈, 동족상잔 등의 비극을 겪는 중에 우리는 민족적 자부심의 근간이어야 할 그 큰 정신의 맥을 슬며시 놓아 버리고 그 대신 경제성장이란 현실적 지상과제에 오로지 매달려 왔다. 한마디로 잘 먹고 잘 살기 위한 길, 그 길 바깥의 길은 모두 길 아닌 것으로 도외시하며 살아온 것이다.

그런데 과연 미국 등의 선진국에서 공여한 원조를 바탕으로 일으킨 우리의 물질적 풍요가 진정한 의미에서 우리를 떳떳하게 해주었는가? 우리는 우리 경제가 세계 10위권이란 걸 자랑하고, OECD 가입국이란 걸 자랑하고, 첨단 반도체 기술을 자랑하고, 이라크나 아프간 등지에 파병할 수 있는 군사적 역력을 자랑하지만, 그 밖에 정신적 가치나 인류사적 가치로 자랑할 만한 것을 같은 시기 동안 성취한 것이 있었는가?

내 생각엔 별로 없는 것 같다. 세계 어디 내놓아도 자랑스런 한글을 비롯, 독보적이면서 홍익적인 가치를 지닌 가장 빛나는 성취의 대부분은 우리 민족이 가난하던 시절로부터 왔다는 것을 기억하자.

하지만 개인의 차원에서는 그런 경우가 아주 없지 않다는 것을 우리는 종종 확인한다. 좀 멀게는 일제시대에 '몽골의 슈바이처'라 불렸던 이태준 의사, 가깝게는 노벨평화상 후보에 다섯 번이나 오른 '옥수수 박사' 김순권 선생이 그렇고, 아주 최근에 알려진 이로는 지난 가을 '유네스코 공자상'을 수상한 윤주홍씨가 그러한 사례라고 생각한다.

대학에서 언어학을 전공한 그는 10년 전 새로운 문자 개발의 꿈을 실현하기 위해 아프간 북부 파사이족 마을로 갔다. 거기서 온갖 어려움을 극복하며 말만 있고 글이 없던 파사이족에게 한글의 원리를 활용하여 부족 문자를 만들어 주었다. 그가 처음에 외면하는 부족민들을 설득할 때 했던 말이 있다. "가난의 문제도 장래의 희망도 여러분 언어의 발전 없이는 어렵습니다." 다른 부족의 문자를 만드는 일에도 도전하겠다는 포부를 밝힌 이 '아프간의 세종'이야말로 홍익인간 구현의 선봉장이 아니고 무엇이랴.

이런 개인들이 하나하나 늘어간다면 우리 사회는 머지않아 겉과 속 모두가 진정 자랑스러운 참 선진공여국이 될 것이다. 이제 다가오는 새해에는 나부터 늘 하고 사는 일에서라도 뭔가 '널리 이롭게 하는' 가치가 생겨나도록 연구하고 실천하리라 다짐해 본다.

러시아 젊은이들의
속죄염소

얼마 전 같은 지면*에 올린 내 글이 얼마나 타인의 불행에 둔감했던 것인지 신문을 받아 보고서야 깨달았다. 참척의 비극을 당한 한 교우 부부에 대한 기사를 읽고 나서 나는 가슴을 치며 후회했다. 바로 지난달 18일 러시아에서 비명횡사한 강병길 학생의 부모님을 취재한 것인데, 하필 내가 자식의 졸업과 다행한 성장을 자축하며 하느님께 감사를 올리고 있는 시점과 맞물려 본의 아니게 그분들의 상실감과 불운감을 자극하는 우를 범한 게 아닌가 싶어 두렵고도 죄송스럽다.

　사람의 생각을 담아 내놓는 글이란 것이 때론 이렇게 자기 주관

---

* 2010년 1월부터 6월까지 나는 〈가톨릭신문〉에 '마음소풍'이란 제목의 칼럼을 매주 연재했다.

에 빠져 가능한 경우의 수를 두루 헤아리지 못하고 타인의 아픔을 자극할 수도 있다는 경각심에 펜대를 잡은 손이 사뭇 조심스럽다. 하지만 너무도 어처구니없는 이 비극에 대해 분분한 생각을 멈출 수 없어 조금 풀어내 볼까 한다.

사실 러시아 유학생의 수난은 어제오늘 일이 아니라 2005년부터 6명이 공격 받아 그중 2명이 숨졌건만 한·러 양 정부의 재발 방지 대책 마련에 대한 의지가 얼마나 확고했는지는 의심스럽다고 할 수밖에 없다. 물론 구소련 해체 이후 경제적 불안과 사회적 혼란 속에서 국수주의 및 신나치주의가 러시아 젊은이들 사이에서 급격히 세를 불리게 된 후 인종혐오 범죄는 그 대상의 국적을 불문하고 크게 늘어 한 해 평균 100명 안팎의 사망자가 발생했다. 주로 유색 피부를 지닌 외국인에게 가해진 범죄이기에 혼란기 국가의 자중지란自中之亂적 현상이라고 치부할 수도 없어 더욱 경악스럽다.

그러고 보니 몇 년 전 바이칼 여행을 갔다가 그 지역 민박집에서 만난 젊은이들 생각이 난다. 민박집 친척의 친구라는 청년이 아침부터 보드카를 병나발 불면서 모스크바의 유명 마피아단 조직원인 자기 형이 줬다는 장전된 권총을 자랑하며 우리 일행에게 자꾸만 접근하려 해 불안에 떨었던 기억이 새롭다. 결국 민박집 주인인 바부시카(할머니)께서 그 청년 일행을 단호하게 꾸짖어 내쫓은 덕분에 우리는 다시 평온을 찾았다. 그도, 함께 있던 서너 명의 젊은이도 모두 20대 초반의 물정 모르는 시골 청년들로 어떻게 좀 잘사는 나라에서 온 여행객들과 인연을 만들어 돈벌이 하기 좋다는 나라에 한번 진출해 볼까 하는 눈치였다고 나중에 통역이 귀띔했다. 하지만 미래에 대한 그들의 막막한 심정을 헤아리기엔 그 젊은이들의 태도가 너무 이질적이어서 그들의 접근은 무조건 위협적으로 느껴질 뿐이었다.

만약 우리가 그들과 같은 사회적·경제적 혼란에 처해 있는데 그들이 우리보다 처지가 나은 나라에서 여행을 왔다면 우리 젊은이들도 과연 허세로나마 총 따위를 빼들고 거들먹거리며 한편으론 교분을 터보려고 했을까? 잘 상상이 되지 않는 그림이다. 거기에는 분명 문화의 차이도 있겠지만, 동족상잔의 가혹한 대치와 갈등을 거쳤을지언정 형편이 어려울 때조차 손님 대접에는 최선을 다했던 우리나라 사람들의 성향을 생각할 때 민족성 자체의 차이가 아닌가 싶었다. 그런 정 많고 친절한 백성의 아들딸인 우리 젊은이들이 세계화의 흐름 속에 밖으로 나가 다른 문화를 배우고 그들과 잘 어울려 보려 했을 때 너무도 황당한 동기의 범죄에 희생되고 마는 이 부조리의 비극이 어째서 자꾸 되풀이되는 걸까?

고대 그리스에서는 재앙이나 여러 가지 다른 재난을 가볍게 하기 위해, 또는 그런 불행을 방지하기 위해 인간을 속죄염소로 삼았다. 심리학에서는 파괴적인 욕구불만을 무고한 대상에 전가하여 불만의 해소를 도모할 때 그 희생물이 되는 대상을 속죄염소scape goat라 부른다. 속죄염소로는 대체로 사회적 약자가 선택된다. 이 관점에서 볼 때 러시아에서 희생된 우리 유학생들은 출구 없는 자신의 미래에 대한 불안과 욕구불만을 품은 극우파 러시아 젊은이들의 속죄염소라고 볼 수도 있겠다.

그러나 좀 더 깊이 살핀다면 우리나라에서 힘겹게 생존을 일구고 있는 타민족 이주민들에게 우리가 죄의식 없이 가하고 있었을지 모를 차별과 가혹 행위로 그들을 속죄염소로 만들고 있진 않았을까? 그 악연의 순환 고리 속에서 우리 무고한 젊은이들이 러시아 등 치안이 불안한 타지에서 속죄염소로 희생되는 비극이 빚어질 수 있었다면, 그 얼마나 무서운 일인가.

드라마 〈추노〉와 고만이

한때 맛들여 열심히 챙겨 보던 TV 드라마가 있었다. 국영방송 특별 기획 드라마 〈추노〉가 그것이다. 워낙 멜로물엔 취미가 없고 액션 물이나 사극 등 활극적 요소가 있는 드라마나 좀 보는 편인데, 이 드라마를 보기 시작하고부터는 스스로도 민망할 정도로 열렬 시 청자가 되었다. 드라마 방영 요일에 외출할 일이 생겨 놓치게 되 면 자정이 가까워야 재방송이 오르는 인터넷 방송을 통해서라도 반드시 챙겨 보고 잠자리에 들었다.

　어느 날 밤, 외출에서 늦게 돌아와 졸린 눈을 비벼 가며 인터넷 재방송을 보다가, 문득 내가 이렇게 드라마 시청에 집착하는 이유 가 뭔가 의아해졌다. 물론 화려하고 박진감 있는 액션, 눈을 즐겁 게 하는 미남미녀 출연자들과 감칠맛을 더해 주는 조연 배우들의 명연기, 복선을 깔고 다층 구조로 전개되는 안타깝고 손에 땀을 쥐게 하는 스토리 등 이른바 명품 드라마의 조건을 골고루 갖추고 있다는 것도 큰 이유가 되겠다. 하지만 나의 '원초적' 감성을 깊숙이 건드린 그 무엇은 따로 있는 듯하다. 그 드라마의 주요 인물들 대부분이 현실 전복을 꿈꾸는 반골反骨이라는 점, 그것이 내게 가장 큰 흡인력으로 작용한 것 같다.

집안 노비의 배신으로 멸문한 양반 가문 출신의 위악적인 휴머니스트 추노꾼, 양반 세상을 뒤엎고 상민들이 지배하는 세상을 꿈꾸는 노비 명포수, 노비였다가 오라비가 돈으로 산 가짜 양반 신분을 지닌 채 진짜 양반 출신인 도망 노비의 아내가 된 여인, 사당 출신으로 우연히 추노꾼에게 구출되어 그와의 결합을 꿈꾸며 따라다니는 떠돌이 처녀, 화적질을 하며 살지만 도망 노비들의 울타리가 되어 주는 산적 두목……

이들은 모두 제 처지를 바로잡거나 또는 뒤집어엎기를 원해 현실에 안주하지 않고 어떤 형태로든 모반을 꾀하거나 그것을 도우고자 하는 사람들이다. 그래서 그들은 죽음의 모험을 불사하는 위험한 저항과 반란의 돌풍 속으로 기꺼이 몸을 던진다. 그들은 비천한 생활일지언정 그냥 생존해 있을 수 있는 선택안을 포기하고 죽음을 담보로 한 자주적 실존을 선택한다. 자기가 원하는 방식으로, 사는 것같이 살 수 있는 그런 삶을 찾아 현재의 안전하지만 비루한 생존을 내던지는 것이다. 이는 세상의 모든 혁명이 발화되는 출발

점이기도 하다. '나를 나답게' 살 수 있도록 하는 삶은 '나를 나답지 못하게' 하는 삶을 버리는 데서 출발하기 때문이다.

우리나라 구전설화 중에 〈고만이 이야기〉란 게 있다. 고만이는 가난한 집에 업둥이로 들어와 쌀독에 들어앉아 곡식을 다 축내서 그 집을 더 가난하게 만들었다는 이상한 짐승의 이름인데, 백해무익한 고만이를 장에 내다팔았더니 그 짐승의 새 주인이 된 사람은 부자가 되었다는 얘기다. 알고 보니 가난한 집에서는 그저 끼니나 거르지 않고 먹는 '고만한' 삶을 목표로 삼아온 것과 달리, 새 주인 집에서는 부자가 되길 꿈꾸며 그 짐승을 잘 대해 주었더니 그 집에서는 먹는 족족 금똥을 쌌다는 것이다. 그러니까 복을 '항상 고만한 정도에만 머무르게' 하는 것은 '고만하게 있겠다는' 자기 암시였던 셈이다.

복은 제 그릇대로 받는다는 고전적 주제의 이야기지만, '자유'라는 인간 실존의 존엄한 목표도 마찬가지 아닐까. 자신이 추구하지 않는다면 주어질 준비가 되어 있어도 얻지 못하는 것이 자유다. 그런 측면에서 '추노'의 인물들은 가난한 집 고만이에 해당하는 노비의 삶을 버리고 부잣집 고만이에 해당하는 자유의 삶을 꿈꾸며 투쟁하는 존재들이라고 볼 수 있겠다.

종영을 두어 회분 앞두고 그 드라마의 결말이 어떻게 될지 몹시 궁금했던 기억이 난다. 실제 기록된 역사와 일치되는 요소를 그다지 많이 기대하기 어려운 허구의 창작물인 만큼, 제작진이 의도하는 결말은 시청자 즉 대중 여론의 관점을 반영하는 것이 되겠기에 더 관심이 쏠렸다. 그 대중의 한 사람으로서 내가 바라는 결말은 등장인물들이 모두 자유의 몸이 되어 자기 삶을 찾아 나서는 쪽이겠지만, 그것이 반드시 해피엔딩의 형태가 안 될 수도 있잖은가. 역사상 자유를 향한 투쟁에는 늘 혹독한 희생과 대가가 따랐으니까……

찰시察視에 대한 생각

뭐 하나 되는 일도 없고 가진 것도 없는 사람이 석가모니를 찾아갔다. 그가 자신의 불운을 호소하자, 석존은 다음 일곱 가지 보시布施를 행하여 습관이 붙으면 행운이 따르리라고 일러주었다. 첫째, 얼굴에 화색을 띠고 부드럽고 정다운 얼굴로 남을 대하는 화안시和顏施. 둘째, 칭찬이나 위로, 격려 등 말로써 베푸는 언시言施. 셋째, 마음의 문을 열고 따뜻한 마음을 주는 심시心施. 넷째, 호의를 담은 눈으로 상대를 대하는 안시眼施. 다섯째, 남의 짐을 들어준다거나 하는, 몸으로 때우는 신시身施. 여섯째, 때와 장소에 맞게 자리를 양보하여 내주는 좌시座施. 마지막으로, 굳이 묻지 않고 상대의 마음을 헤아려 알아서 도와주는 찰시察施가 그것이다.

요즘 들어 생각대로 풀리는 일이 별로 없는 나는 불가佛家의 이 가르침을 떠올리며 가능한 한 그대로 좀 실천해 보려는 마음을 먹었다. 그런데 다른 보시는 몸에 밸 정도까진 몰라도 그런대로 어렵지 않게 행할 수 있을 것 같은데 일곱째 것, 찰시가 영 자신이 없다. 무엇이 필요한지 물어서 구체적으로 알아도 상대방 마음에 들게 도움을 주기란 쉽지 않은 일인데 하물며 짐작하여 필요한 도움을 주기라니! 말이 쉽지, 독심술을 하거나 도인급 현자가 아니고서야 결코 만만히 여길 일이 아닌 것이다. 때론 알아서 돕는답시고 한 행동이 오히려 상대방에게 심적 부담만 안겨주고 전혀 보탬이 안 되거나 상황을 악화시키는 경우도 없지 않다. 그러니 찰시란 것이 아무나 행할 수 있는 덕행은 아닌 듯하다.

찰시가 얼마나 조심스러운 것인지 얘기하다 보니 이슬람권의 우스개 이야기 하나가 생각난다. 아주 못생긴 여자가 시집을 와서 첫날밤 얼굴을 가렸던 베일을 벗으며 신랑에게 물었다. "여보, 내가 이 집안에서 베일을 벗고 대해도 될 사람이 당신 말고 또 누가 있나요?" 신랑이 당황한 기색으로 대답했다. "아, 내 앞에서만 말고 다 괜찮소."

이 경우, 색시가 다른 식구들 앞에서는 내내 답답하게 베일을 쓰고 있다가 오직 신랑 앞에서만 애정과 정절의 표시로 베일을 벗었다면 신랑은 괴로워도 계속 참아야 했을 것이다. 뿐만 아니라 새 색시의 용모가 어느 정도인지 모르는 식구들한테 자기 불만을 이해받지도 못했을 것이다. 다행히 그 여자는 신랑에게 직접 물어 봤고, 상대방이 원하는 것을 해줄 수 있었을 것 같다.

하지만 이것은 어디까지나 남자 입장에서 하는 얘기고 여자 입장에서는 얘기가 또 달라질 수 있겠다. 신랑이 색시의 마음을 헤아려 그녀의 용모 콤플렉스를 다독여 주는 지혜를 발휘했더라면 어떤 얘기가 오갈 수 있었을까? "당신 편한 대로 하구려. 내 앞에서든 누구 앞에서든 꼭 벗어야 할 필요는 없소" 하고 신랑이 말했다면, 자기 용모가 어떤지 잘 아는 색시는 눈치껏 알아서 얼굴가리개를 쓰고 벗을 때를 판단하지 않았을까? 간혹 이러한 쌍방 찰시를 통해 난처한 문제가 의외로 수월하게 해결되기도 하는 것을 우리는 예기치 않게 경험할 때가 있다.

이것은 이래서 안 되고 저것은 또 저래서 안 된다며 아무것도 하지 않고 쌍방 백안시를 일삼는 자들이 넘쳐나는 세상이다. 이런 사회 분위기 속에서 우리 대부분은 쌍방 찰시란 것을 어디 있는지 모를 이상향 '샹그릴라'에서나 행해지는 풍습처럼 받아들일 것 같다. 나부터도 그랬으면 하는 기대가 있었을 뿐, 대체로 회의적이었던 게 사실이다.

그런데 얼마 전 사소하지만 의미 있는 체험을 하면서 그것이 별로 어렵지 않게 이루어질 수도 있는 일이라는 발견을 하였다. 어느 날 친구 하나가 최근 자신이 처한 어려운 상황을 전화로 알려왔다. 나는 바쁘기도 하고 귀찮단 생각도 들었지만 딱한 처지의 그를 모른 척할 수가 없어 작은 일 한 가지를 해결해 주리라 속으로 마음먹었다. 해결한 일의 결과를 건네주러 만나니 그는 청하지도 않았는데 내가 마침 하고 있던 작업에 필요한 자료를 시간에 쫓기는 나를 위해 대신 찾아 가지고 나타난 것이었다. 서로의 필요를 헤아려 알아서 서로를 도와주는 쌍방 찰시가 일어난 것이다!

샹그릴라는 생각보다 그리 먼 곳이 아닐지도 모른다.

그 봄,
너무도 아픈 죽음들이여

그 봄도, 아니 여느 해 봄보다도 더, 행복하고 아름다운 소식보다
는 고통스럽고 슬픈 소식이 연일 매스컴을 달구고 있어 궂은 날씨
와 더불어 마음을 신산스럽게 했다. 입에 다 담기도 부담스러우리
만치 황당한 사건들이 펑펑 터지고 있는데 그 갖가지 사건들을 관
통하는 요소가 '죽음'이다.

　그중에서 희생 규모와 관계없이 내 마음에 떨치기 어려운 그림
자를 드리우는 것은 모스크바 연쇄 자살폭탄 테러와 연예인 C씨
의 자살 소식이다. 전자는 종교의 이름으로 행해지는 자타에 대한
동시 위협이란 점에서, 후자는 인간 의지에 대한 우리의 믿음을 흔
드는 자기 포기의 사례란 점에서 그러하다.

　세상의 고결한 죽음 중에는 남을 위해 대신 죽는 죽음 외에 신
념이나 신앙을 지키기 위해 죽는 죽음이 있다. 이른바 순교라는

것이 그것일진대, 최근 일어난 모스크바 지하철 연쇄테러 사건은 무고한 많은 생명을 희생시킨 폭력이 순교의 이름으로 자행된 것이어서 당혹스럽기 그지없다. 물론 그 사건이 체첸의 여성 테러단체 '검은 미망인'의 소행으로 추정되면서 호도된 종교적 신념이 초래하는 눈먼 폭력의 비극성과 위험성이 새삼 부각되고 있기는 하다. 처음에는 러시아군의 손에 남편·자식·형제자매 등을 잃은 보복심에서 테러 활동에 가담했던 그녀들이다. 이후 분리주의 세력의 선동에 세뇌되어 테러의 명분을 종교적 신념으로 품게 된 '검은 미망인'들이 자폭 테러를 감행할 때 다른 어떤 것이 아닌, 순교의 정신으로 그렇게 한다는 사실은 참으로 통탄할 아니러니다.

프랑스 작가 베르나르 베르베르는 대부분의 종교에서 순교자들을 기리는 일에 정성을 다하는 것은 공동체의 끈끈한 연대를 유지하기 위해서라고 갈파했다. 어떤 집단에 응집력과 결속력이 건재하는 것은 '골고다의 언덕' 같은, 선구자들의 고난에 대한 기억 때문이라는 것이다. 불행한 시기에 사람들은 잘 단결하는 반면 행복한 시기엔 오히려 분열하는 경향을 보이듯이, 연대 의식은 기쁨이 아닌 고통에서 생긴다는 얘기다.

이 관점에서 볼 때 끔찍한 고통과 슬픔을 맛본 '검은 미망인'들을 순교 요원으로 이끌기는 어렵지 않았을 것이다. 공통의 불행을 부단히 환기시키고 조직의 목적을 위해 희생된 순교자를 우상시함으로써 그들 공동체의 목표의식은 더욱 공고해지고 자기 희생의 성스러운 명분은 확고해지지 않았겠는가. 그래서 여인들은 검은 베일 속에 폭탄을 친친 감고 부나방처럼 '적진' 속에 뛰어들었으리라.

오호통재라! 문제는 그들의 '성스러운 순교'가 그들에서 끝나지 않고 그들이 지키고자 하는 후손들에게 대물림될 거라는 사실이다. 폭력이 폭력을 부르고, 불화가 불화를 키우니 어떤 형태로든 타인의 희생을 동반하는 순교는 더 이상 순교일 수가 없다.

이 점에서는 자살도 마찬가지로 경각심을 불러일으켜야 한다. 자신의 삶뿐 아니라 타인의 삶까지 다치게 하는 그 선택은 본인이 의도하든 안 하든 일정한 파괴의 에너지를 갖게 마련이다. 그러므로 우리는 연민과 동정에 쏠린 나머지 이해라는 미명 아래 그것을 감상적으로 수용하거나 미화하는 우를 범하지 않도록 경계해야 할 것이다.

C씨의 자살로 말미암아 그 유족은 물론 그를 아끼던 주변 사람들이 얼마나 통절한 아픔을 겪겠는가. 그리고 한 사람의 공인인 그가, 역시 공인이었던 그 누이의 비극적 종말을 재현하고 말았으니 그의 불행 극복을 본보기 삼아 시련의 늪을 헤쳐 나오려 했던 동병상련의 많은 대중들이 얼마나 좌절감을 느끼겠는가. 불행의 파장은 의외로 빠르게, 또 멀리 퍼져 나가는 법이다.

그 계절, 참으로 아픈 죽음들 앞에 모두가 망연자실한 모습이었다. 나 역시 다르지 않았고 그저 기도했을 뿐이다. 그분, 희망의 삶을 위해 참 순교의 모범을 보이신 그분 부활의 은총으로 고인들에게 부디 안식이 있기를.

나는 왜 사소한 것에
분노하는가

얼마 전 택시를 타고 가다 옆 차선에서 굴러가고 있는 집 한 채를 보았다. 그것도 그냥 시시한 주택이 아니라 서울 강남 지역의 고급 아파트 한 채였다. 자기가 건넨 놀라운 정보를 접하고 평소보다 더 멍한 표정이 되었을 게 분명한 내 얼굴을 백미러로 살피며 기사 아저씨가 덧붙였다. "저걸 타는 사람이 우리나라에 딱 둘인데, 한 사람은 30대 의사이고, 또 한 사람은 이름 대면 다 아는 재벌가 2세라네요."

M 뭐라는, 이름도 제대로 외워지지 않는 그 독일제 자동차의 수입 가격은 무려 14억. 정말 '억' 소리 나게 만드는 숫자인데도 나는 픽, 하고 웃음을 터뜨렸다. 그러자 기사 아저씨의 의아해하는 눈빛이 느껴져 얼른 농담조로 눙쳤다. "그 친구들, 집에 갈 시간이 없나 보죠?"

하지만 나는 내 안에서 스멀거리며 올라오는 정체 모를 분노를 삭이느라 그 차가 얼마나 대단한 차인지를 설명하는 기사 아저씨의 이야기가 하나도 귀에 들어오지 않았다. 차가 목적지에 도착하자 차비를 서둘러 치르느라 오백 원을 거슬러 받는 것도 잊은 채 그냥 내리고 말았다. 그러고서는 평소 비밀 저금통에 넣기 위해 '편집적으로' 모으는 오백 원짜리 동전을 놓친 것이 아까워 한숨 짓는 자신이 한심스러워 또 화가 났다.

왜 나는 조그만 일에만 분개하는가. 김수영 시인은 〈어느 날 고궁을 나오면서〉란 시에서 독재 권력의 비리를 상징하는 '왕궁의 음탕' 대신 설렁탕에 기름 덩어리만 나왔다고 분개하는 자신을 그렇게 반성했다. 정말이지, 요즘은 나도 사소한 것들에 분노하느라 날마다 새롭게 매스컴 화면과 지상을 가득 메우는 세상의 '큰일 난' 것들에 대해서는 오히려 무감하다. 아니, 무감하고 싶어 한다. 늑대가 온다고 거짓 신고를 거듭한 양치기 소년 때문에 양들을 구하러 가지 않은 마을 사람들처럼, 나도 세상의 온갖 거짓말에 면역이 생겨 실제로 위기 상황이 닥쳐도 실감을 잘 못하게 된 게 아닌가 싶다.

그러나 잠재된 불안 의식은 어떤 형태로든 표출될 출구를 찾다가 사소한 일들에 투사되어 때 아닌 분노나 슬픔의 분출로 나타나는 것 같다.

무농약 재배 상추라고 사온 것이 이틀 만에 곤죽이 되고, 드라이클리닝 맡긴 점퍼 두 개가 코트 두 개로 매겨져 세탁비를 더 내고, 반시간이나 기다린 버스가 내릴 사람 없다고 서지도 않고 가버리고, 프린터에 이면지를 넣었더니 온통 '재밍' 돼버린 채 기계가 멈춰 서 버리고, 볶음밥을 만들려고 모든 재료를 씻고 썰고 해서 다 준비해 놓았더니 식용유가 딱 떨어져 없고…….

말하기도 짜증날 정도로 사소한 이 따위 일들에 나는 언제까지 분노하며 살아야 하는가? 어쩌면 나는 모르는 사이 영적 영양결핍증을 앓고 있었는지 모르겠다. 나름대로 영적 독서도 한다고 하고, 성경도 늘 옆에 두고 읽고, 존경하는 신부님들이나 여타 종교 지도자들의 말씀도 가까이 찾아 듣고 하는 편인데, 어째서 그럴까? 순간, 한 생각이 머리를 친다. 비우기, 그것을 못하기 때문이 아닐까!

어느 학인이 영적인 스승을 찾아가 지혜에 이르는 길을 가르쳐 달라고 청했다. 스승은 아무 말 없이 학인의 찻잔에 차를 따랐다. 잔이 넘쳤지만 그는 계속 따랐고, 차는 흘러넘쳐서 방바닥까지 적셨다. 기분이 상한 학인이 소리쳤다. "뭐 하시는 겁니까? 잔이 넘치지 않습니까?" 그러자 스승이 말했다. "자네는 이 찻잔과 같이 생각과 주장과 계획과 욕망으로 흘러넘치지. 자네가 빈 찻잔처럼 완전히 비워지기 전에는 내가 어떤 지혜를 부어도 흘러넘치고 말 거야."

이 에피소드에 나오는 학인처럼 나도 내가 진정 필요로 하는 영적 양식을 받아 채우기엔 쓸모없는 것들로 너무 꽉 차 있는지 모른다. 그래서 영적으로 만성 영양결핍이 되어 작은 자극들을 의연히 버텨내지 못하고 과민하게 반응하며 불필요한 소모를 일삼는지 모른다. 정작 세상을 망가뜨리는 큰 문제들에 맞서 제대로 분노하기 위해서는 그러한 사소한 분노로 인한 소모를 피해야 되지 않을까?

그런데 문득 의아해진다. 앞서 목격한, 30대 젊은이가 모는 14억짜리 자가용에 대해 내가 느꼈던 분노는 어느 쪽일까? 감정의 색깔도 좀 복잡했지만, 아무튼 사소하게만 볼 수는 없는 사안이 아닌가 싶다.

제3의 길은 어디에

아이티의 지진 참사 현장에서 들려오는 온갖 불행한 소식을 접하며 일종의 체증과도 같은 압박감에 부대끼며 지내는 나날이다. 책상 앞에 붙여놓은 한 아이티 소년의 사진은 이 글을 쓰는 순간에도 나에게 무언의 질타를 보낸다. 참사 현장에서 여남은 살 돼 보이는 소년이 피에 젖은 찢어진 티셔츠를 입고 머리와 얼굴은 허옇게 먼지를 뒤집어쓴 채 어딘지를 쏘아보는 사진이다. 공포와 분노가 뒤섞인 그 소년의 기묘한 눈빛에서 세상을 향한 무언의 외침이 읽힌다. '우리가 이렇게 비참해도 당신들은 괜찮은가요?'

세계 각국에서 구호의 손길이 답지하고 있지만 서반구에서 가장 가난한 나라로 알려진 아이티는 그 구조적 빈곤과 만성화된 정치 불안으로 어떤 희망의 약속도 대다수 국민에게 공소한 메아리일 뿐이다. 수세기 동안 스페인 및 프랑스의 식민 지배를 받다가

1804년 어렵게 독립을 쟁취했으나 그 대가는 혹독했다. 이후로도 지배의 손길을 놓지 않으려는 서구 열강들의 금융제재, 점령통치, 내정간섭 속에서 장기간의 세습독재 통치와 수십 차례의 내부 쿠데타를 겪으면서 아이티의 민생은 그야말로 풍전등화의 처지가 되었다.

아이티의 전 대통령 장 베르트랑 아리스티드의 저서 《마음의 눈들》에 보면 저자가 어린 소녀와 나누는 이런 대화가 나온다.

"너는 콜라가 좋으니, 술이 좋으니?"

"난 주스가 더 좋아요."

이것은 상대방이 제시한 두 가지 선택안 중 어느 것도 아닌, 제3의 선택을 만들어내는 한 소녀의 꾸밈없고 자연스러운 방식을 드러내는데, 아리스티드는 거기서 아이티가 가야 할 길에 대한 영감을 받는다. 그 길은 세상의 가난한 사람들이 스스로 창조해야 할 제3의 길을 의미하는 것으로 부유한 나라들이 제시하는 어떤 해결책과도 다른 것이어야 한다고 그는 말한다. 가난의 존엄을 지킬 수 있어야 한다는 그 제3의 길은 과연 어떤 것일까?

아리스티드는 해방신학을 설파하며 빈민 사목을 하던 가톨릭 사제였으나 대통령으로 당선된 후 성직에서 물러난 사람이다. 그는 여러 차례 집권과 실각을 되풀이하는 동안 아이티를 침탈하는 세계화 및 신자유주의 세력에 맞서 개혁적인 노선을 취하였으나 외세의 개입으로 좌절하고 망명길에 올랐다.

그에 대한 세상의 평가는 많이 엇갈리지만, 이번 참사를 계기로 읽어 보게 된 그의 책에서 한 가지 먹먹한 감동으로 전달되는 것이 있는데, 바로 가난한 사람들에 대한 그의 깊은 애정이다. 그는 진흙빵을 구워 먹으면서도 웃음과 유머와 품위와 연대감을 잃지 않는 아이티 사람들이 지닌 영혼의 풍요에서 제3의 길이 태동할 수 있다고 보았다. 그는 아이티에서 자살했다는 사람들의 이야기를 좀처럼 들을 수 없다는 사실을 예로 들면서 날마다 죽음과 맞댄 채 '그럼에도 불구하고' 살아 있는 가난한 사람들의 강력한 생명에너지가 결집되면 제3의 길이 창조될 거라는 희망을 얘기한다.

그러나 사진을 통해 만나는 참사 현장의 소년은 이제 공포와 분노를 넘어 빛바랜 공허가 느껴지는 눈으로 말한다. 부유한 20퍼센트의 사람들이 이미 차지한 85퍼센트의 부富도 모자라 가난한 20퍼센트가 가진 5퍼센트마저 호시탐탐 노리는 세상에서 나는 어떤 희망을 얘기해야 할까?

모순과 불공평과 이해의 대립으로 점철된 게 인간 역사라고 알고 있다. 하지만 갈수록 커지고 확산되는 빈부의 불균형으로 말미암은 불행의 편중은 예측 불허의 전 지구적 자연 변화와 더불어 마음에 떨치기 어려운 불안의 파장을 일으킨다. 짐짓 태연한 척 얼마간의 구호 성금을 보낸 후 하루 저녁 뜻 맞는 친구들과 어울려

삼겹살을 구우며 제국주의자들을 성토했다.

그러나 이튿날 다시 아이티 소년의 사진을 대하니 이제 그 눈길이 아예 비수인 양 가슴에 꽂혀 통증을 일으킨다. 달리 방법이 없다. 그대로 꿇어 앉아 하늘에 SOS를 칠 수밖에.

십자가의 고통을 통해 구원을 약속하신 분이시여, 저들의 시련이 너무 큽니다. 제발 어떻게 좀 해결해 주시옵소서!

무함마드의 기적

"산이 안 오면 내가 가야지."

이슬람의 예언자 무함마드는 그가 참 예언자임을 증명하는 기적을 행해 보라는 사람들의 요구에 산을 옮겨 보려 했다가 실패하자 그렇게 말했다고 전해진다.

사실 이슬람의 경전 《꾸우란》에는 예수님의 기적 행위에 대한 묘사가 적지않이 들어 있는 반면, 정작 《꾸우란》을 계시받아 전한 무함마드의 기적 일화는 찾아볼 수 없다. 많은 그리스도 신앙인들이 오해하고 있는 것과 달리, 이슬람은 기독교에 대해 기본적으로 우호적이며 《꾸우란》에서 성모의 동정 잉태와 예수의 기적 행위를 인정하고 추앙할 뿐 아니라 예수재림설마저 다수 학파에서 수용하는 입장이다. 일부 극단 세력들이 보이는 배타적이고 편집적인 성향 때문에 이슬람 전체를 매도해서는 안 되는 이유 중에 그런 것도 있다고 이슬람 전문가들은 얘기한다.

얼마 전 어느 일간지에서 4대강 사업을 우려하는 주교단 의견과 관련해 교회의 입장을 비판하는 한 지식인의 글을 읽었다. 교회가 '하느님의 일'이 아닌 '카이사르의 일'에 나서기 시작함으로써 '가톨릭다움'이 훼손되고 있다는 것이다.

나는 그 글을 읽으며 엉뚱하게도 무함마드의 위 일화가 떠올랐다. 무함마드는 무슬림들에게 아브라함, 모세, 예수에 이어 마지막 선지자로 더없이 추앙받는 존재이지만 그는 처음부터 끝까지 인간의 위치에 머물렀고, 그 스스로도 그 점을 강조한 사람이었다. 그랬기에 그는 사람들 앞에서 형편없이 체면을 잃게 된 상황에서도 자조自嘲의 유머(?)를 발휘하며 스스럼없이 자기 한계를 인정함으로써 오히려 비범성을 드러낼 수 있었던 게 아닌가 싶다.

정부가 사회 각계의 많은 반대에도 불구하고 단호하게 추진 의지를 보이고 있는 4대강 사업은 마치 일부의 요구가 있어 공연히 한번 시도해 봤으나 결코 일어나지 않은 무함마드의 기적처럼 느껴진다. 무함마드에게 기적이란 것은 그의 권능과 정명定命 밖의 일이기에 애시당초 일어날 수도 일어날 필요도 없었던 것처럼, 창조주의 영역인 한 나라의 모태적 자연에 대해 한낱 인간의 시스템에 불과한 정부가 있지도 않은 권한을 행사하겠다는 것은 허망한 발상에 다름 아니다. 나는 정부가 이제라도 무함마드처럼 마음을 비우고 자연을 움직이려 하기보다 자연에게 다가가는 노력을 한다면 오히려 역사에 좋은 선례를 남기게 되지 않을까 생각한다.

'산 옮기기' 일화에서 무함마드가 보여줬던 태도는 우리가 서로 상이한 의견을 가지고 각기 제 의견에 집착하여 도무지 합의점에 이를 전망이 안 보이는 현상에도 조금 다른 각도에서 적용시켜 봄 직하다는 생각이다. 좌파니 우파니, 진보니 보수니, 실용주의니 이상주의니 하는 갖가지 대립항들이 제각각 날 세운 목소리를 동시다발로 내지르는 통에 그 어느 한 소리도 제대로 귀에 꽂히질 않고 그냥 무의미한 소음이 되어 떠다니는 시대다.

이럴 때 무함마드가 한 것처럼, 아주 단순하게 접근해 보는 거다. 다가오지 않는 상대는 어차피 산과 같은 것, 천년이 가도 움직이지 않을 고정체인 것이다. 빨리 포기하자. 그러면 움직일 주체는 나밖에 안 남는다. 어차피 어떤 형태로든 합의가 도출되어야만 세상일이 돌아갈 수 있다면 내가 다가가는 수밖에 없다. 자존심도 상하고 자기 신념을 저버리는 것도 같아 스스로에게 화도 나고 낭패스럽기도 하다.

그러나 도리가 없잖은가. 성냥을 성냥갑에 갖다 그어야 성냥불이 붙여지고 밥을 지을 수가 있는 것이다. 그러다 보면 어느 순간 수많은 '나'가 제각각 수많은 '너'를 향해 움직이고 있는 걸 보게 될 공산이 크다. 왜냐하면 그 수많은 '너' 역시 '나'를 고정체라고 포기했기 때문이다. 그리하여 너를 향해 조금씩 다가가는 나는 너와의 거리가 점점 좁혀지고 있음을 발견하게 될 것이고 머지않아 만나게 될 것이다.

　물론 이 가정은 복잡다단한 실제 현실에 적용시키기에는 너무 순진한 발상일지 모른다. 하지만 무함마드가 다가오지 않는 산에 실망하여 그대로 돌아서고 말았다면 산의 실체와 만나 볼 기회는 영원히 오지 않았을 것이다. 그는 속으로 생각했을 수도 있겠다. 자신이 산을 향해 가는 동안 위대한 알라께서 슬그머니 산을 움직여 주실지 모른다고.

소통 중독

한동안 강원도 산골의 빈 집에 한 달에 며칠씩 가서 지내던 적이
있다. 집주인인 지인이 별장으로 쓰는 작은 연립주택인데 휴가철
을 제하고는 거의 비워 두다시피 하는 것을 조용한 창작 공간이 늘
아쉽던 차에 빌려 쓰게 된 것이었다.

　동서울에서 세 시간 정도 걸려 도착하는 그곳은 도시의 온갖 공
해에 찌든 내 심신의 세포가 오아시스를 만난 낙타처럼 해갈과 휴
식을 누릴 수 있는 곳이었다. 늘 뭔가 일거리를 싸들고 갔기에 마
냥 빈둥거리다 올 수는 없었지만 일단 도착 당일만은 아무것도 하
지 않고 시간의 여백을 즐겼다. 인터넷이 안 되는 곳이기에 휴대
전화만 끄면 외부와 완벽하게 단절되어 평소 '갈망하던' 적요에의
침잠이 가능해졌다. 밥도 먹는 둥 마는 둥 하면서 그 침잠에 탐닉
하는 동안 내 안에 서려 있던 온갖 잡다한 상념의 연무가 시나브로

걷히면서 머리가 제법 맑아지는 느낌을 받곤 했다.

그러나 밤이 깊어지면서 간간이 들리던 새소리와 몇 안 되는 이웃의 인기척마저 사라지고 나면 그 집을 둘러싼 정적은 고요하다 못해 괴괴하기까지 했다. 나는 소음 제로의 절대적 정적 속에서는 무슨 일을 하거나 잠을 이루는 게 쉽지 않다는 걸 처음 알았다. 그래서 결국 가지고 온 짐에서 휴대용 라디오를 꺼내 음악 방송이든 뭐든 조그맣게 켜놓고 있다가 새벽이 되어 새소리라도 다시 들리기 시작하면 그때서야 그것을 끄고 잠이 들었다.

그렇게 첫 하루를 보내고 난 후 이튿날부터는 라디오와 텔레비전은 물론 휴대폰도 내내 켜놓아 갖가지 소리와 소통의 잡음들을 '불러들이며' 지냈다. 도시의 소음 공해와 소통 부담을 피해 떠나왔다는 사람이 제 스스로 그걸 다시 찾아 나선 꼴이라니! 내 모습이 우습기도 하거니와 단 하루도 현대의 문명 장치들로부터 온전히 자유롭지 못하는 모종의 중독증이 느껴져 씁쓸하기도 했다.

도대체 언제부터 이렇게 된 걸까? 한때 캄캄한 시골길을 십 리씩 달빛이나 별빛에 의지하여 혼자 밤 산책을 하기도 하고, 인적 없는 외진 바닷가 갯바위에 앉아 등대 불빛 바라보며 밤새워 삶의 의미를 고민하기도 했던 나인데…… 그 건강했던 독립성은 다 어디로 간 걸까? 하루도 메일이나 인터넷 뉴스 검색을 안 하면 불안하고, 잠시 혼자서 산책이라도 할라치면 귀에 음악 리시버를 꽂아야 하고, 휴대폰을 두고 외출한 날이면 하루 종일 좌불안석이고, 그것도 모자라 스마트폰이니 아이폰이니 하는 첨단 통신기기가 나오면 시대 흐름에 뒤처질까 봐 '신기술올렁증'에도 불구하고 각종 매체에 나오는 관련 기사를 웬만큼 훑어야 직성이 풀리는 이 소리·소통 중독증을 어떻게 해야 할까?

며칠 전 텔레비전에서 신개념 네트워킹 시스템 '트위터'에 관한 방송을 보면서 내 개인적 차원을 넘어 우리 사회 전체, 나아가 지구촌 사회 대부분이 충분히 자각하지 못하는 사이 이미 불치의 단계에 든 소통 중독증을 앓고 있는 게 아닌가 하는 생각이 들었다. 방송에서도 지적했듯이, 익명의 다중多衆이 실시간으로 상호 소통하는 '민주적' 개방성이 순기능 못지않게 역기능의 가능성을 많이 내포하고 있는 것도 문제다.

하지만 더 큰 문제는, 이 소통 방식에 중독된 사람의 눈과 귀는 온통 바깥으로만 열려 다시는 제 깊은 속으로 돌려지기 어려울 거라는 사실이다. 다시 말해, 소통의 원심력을 키워 나가는 동안 소통의 구심력을 잃게 될까 걱정인 것이다. 우리가 바깥으로 귀와 입을 열고 무한한 수다의 장을 펼치는 사이 우리 내면과 소통하려는 의지와 힘은 점점 약화될 것이다. 그러다가 우리 안에 와 계신 '말씀'의 파장을 영영 느껴 보지 못한 채 기기器機와 시스템의 노예로 덧없는 생을 마치게 되지 않을지, 한 번쯤 정색하고 염려해 봐야 되지 않을까.

전자통신 혁명에 매진하고 있는 과학·기술·산업 역군들께서 언짢아하실 얘긴지 모르겠으나, 코헬렛의 표현처럼 "온갖 말로 애써 말하지만 아무도 다 말하지 못하는" 게 우리 인간의 소통인 것이다.

그 어머니의 담대한 사랑

"이날 안의 복장은 어젯밤 고향에서 도착한 한복을 입히고 품속에 성화를 넣었다. 그 태도는 매우 침착하여 안색과 말하는 모습에 이르기까지 일상과 조금도 다름이 없었고 종용자약하게 깨끗이 그 죽음으로 나아갔다."

이것은 1910년 안중근의 최후를 지켜본 일본인 통역관 소노키의 기록이다. 도마 안중근이 죽기를 원한 예수 승천일에서 하루 늦은 3월 26일 오전 10시경의 일이다. 3월 25일이 고종 탄생일이어서 하루 늦춰진 죽음이었는데, 고종 자신 아니 어느 군왕인들 이토록 위엄 있게 죽음을 맞이할 수 있었으랴.

안중근은 당시 교회에서 '살인 행위'로 단죄했던 자신의 의거에 대해 마지막 순간까지 한 점 후회 없는 떳떳함을 지니고 천국행에의 흔들림 없는 신념 속에 떠났다. 그가 이러한 결연함을 초지 일관 지킬 수 있었던 데는 어머니 조마리아 여사의 영향이 컸다고 안중근 연구자들은 말한다. 그가 일찌감치 항소를 포기하고 죽음을 택하게 된 데는 그 앞서 두 동생을 통해 전해 받은 어머니의 말씀이 크게 작용했을 것이며, 이들 모자의 천주교 신앙이 있었기에 가능한 일이었을 거라는 게 그들의 판단이다. 이미 많이 알려진 얘기지만 그 감동을 새삼 느껴 보기 위해 조마리아 여사의 전언을 다시 한 번 들어 보자.

"네가 큰일을 했다. 만인을 죽인 원수를 갚고 의를 세웠으니 무슨 잘못을 저질렀단 말인가. 비겁하게 항소 같은 것을 하지 말고 깨끗이 죽음을 택하는 것이 이 어미의 희망이다. 옳은 일을 한 사람이 그른 사람들에게 재판을 다시 해달라고 하는 것은 사리에 맞지 않다. 혹시 자식으로서 늙은 어미보다 먼저 죽는 것이 불효라고 생각한다면 이 어미를 욕되게 하는 것이다. 평화로운 천당에서 만나자."

자식 가진 여성치고 이런 마음을 내는 것이 얼마나 '불가능'한 일인지 모를 사람이 있을까? 설사 자식이 세상에 다시없을 의거를 도모해 죽음에 처하게 되었다 해도 어떻게든 사지에서 빠져나올 방법이나 최소한 목숨을 연장할 방법을 찾는 게 당연한 모정이고 인지상정 아닌가. 손이 닳도록 하늘에 빌고, 백방으로 구명 운동을 하고, 자식이 살아남으려는 노력을 끝까지 포기하지 않게끔 정신무장을 시키는 게 어미라면 누구나 밟게 될 수순이 아닌가.

그런데 이 어머니, 조마리아를 보라. "먼저 죽는 것이 불효라고 생각한다면 어미를 욕되게 하는 것이다"라고 하지 않는가. 의義를 위해 한 행위가 죽음을 불렀다면 깨끗이 죽는 것이 효孝고, 충忠이라는 얘기다. 어디서 이렇게 불가사의하게 담대한 모성이 나오는 것일까? 이는 내게 무엇에 대한 철저한 믿음이 받쳐 줄 때 일어날 수 있는 일종의 기현상(?)으로 다가오는데, 그것이 조마리아 여사에게 있어 천국 신앙이 아니고 무엇이었겠는가. 그녀는 살면서 어느 순간 하느님 나라의 진경眞景을 엿본 사람이었을 것이다. 그래서 아들을 '영원히 살리기 위해' 죽게 하는 참담한 사랑을 흔연히 택했으리라.

안중근은 이러한 어머니의 담대한 사랑에 힘입어 사형선고를 받은 이후 실제로 몸무게가 2킬로그램이나 증가하는 이상 현상을 보일 정도로 안정된 심리 상태에서 의연하게 죽음을 준비할 수 있었다. 그는 자신의 천명天命을 수행할 수 있는 마지막 카드로 〈동양평화론〉을 완성하기 위해 시간이 좀 더 필요했지만 그마저 미련 없이 접고 한국 천주교의 발전을 위한 당부가 포함된 유서를 작성했다.

동시대 중국의 문호 루쉰이 하얼빈 의거 소식을 들었을 때 "중국 4억 인은 부끄럽게 여기고 죽어야 한다"고 한탄했다 한다. 오늘날 우리 혼탁한 세상의 나약한 모성들도 한 번쯤 자신의 자식

사랑을 돌아봐야 하지 않을까? 모든 어머니가 영웅의 어머니일 순 없지만, 우리 평범한 어머니들도 좀 더 꿋꿋하고 열린 사랑을 통해 자식을 독려할 수는 있을 것이다. 우리 자녀들이 안중근 의사가 목숨 바쳐 주창했던 동양평화론을 넘어 세계인 모두가 더불어 평화롭게 사는 세상을 열어 나가도록.

3

겨울 황하에 서서

행복의 달인을 만나다

현대의 많은 사람들, 특히 도시인들은 행복하기를 원하면서도 행복이 지속되기 힘들다는 걸 알기에 행복이 찾아온 순간마저 그것을 온전히 누리지 못한다. 행복하다고 느끼는 순간 그 뒤에 닥칠지 모를 훼손의 시간을 걱정하느라 마음대로 행복해하지도 못하는 게 나를 비롯한 많은 현대인들의 실상이다. 최근에 그 만성 행복우려증에서 자유로운, 드문 인간형 한 분을 알게 되어 그의 단순명쾌(?)한 행복론에 종종 감염되는 즐거움을 누리고 있다.

어제는 아침부터 꾸물꾸물한 날씨 탓인지 몸이 축축 처지고 하는 일에도 능률이 안 붙어 잔뜩 짜증이 나던 차에 전화가 울렸다. 갯바람을 품은 듯한 쩡쩡한 목소리가 귓전을 시원하게 파고들었다.

"구 선샘요, 하하하. 남해의 J임다. 그냥 목소리가 듣고 싶어서예."

전화한 용건이 따로 있겠지만 그는 이렇게 상대방의 마음에 정情 도장부터 찍고 본다. 수화기 저편으로 길갓집 차양처럼 돌출된 무성한 눈썹 아래 부챗살 같은 주름을 접으며 '티 없이' 웃고 있는 한 고대인古代人의 이미지가 떠오른다. 시대 불명의 고전 복식을 트레이드 마크로 입고 다니는 그는 유년기적 천진성, 소년기적 호기심, 청년기적 정열, 중년기적 안정감, 노년기적 원숙함이 자유자재로 발현되는 독특한 인격으로 나이를 논하는 세월 매김이 무의미하게 느껴지도록 하는 사람이다.

한때 건축업을 했던, 교사 출신의 J 선생은 남해의 향리에서 아무도 거들떠보지 않는 폐교를 인수하여 가진 돈과 시간을 고스란히 바쳐 각종 문화예술 전시와 공연, 전통문화 체험을 할 수 있는 멋진 예술촌으로 탈바꿈시켰다.

그러나 관의 도움 없이 완전히 자급자족 체제로 관광지를 운영하는 일이란 쉬운 게 아니다. 그래서 그는 석재 및 목가구 수입 사업을 병행하며 그 부족분을 채워 나가는데, 주로 중국에서 수입을 하기 때문에 자연히 중국 왕래가 많은 중에 현지 친구들을 많이 사귀게 되었다. 지난 연말 나는 뜻하지 않게 그가 인솔하는 시안西安 여행팀에 끼게 되어 그를 가까이서 지켜보는 행운을 얻었고 말로만 듣던 그의 '중국통'적 진면목을 확인하게 되었다.

우선 인천공항에서 그를 처음 본 순간 받은 인상부터가 심상치 않았다. 사극 촬영장에서 순간이동한 것 같은 '고풍당당'한 차림

새와 범상치 않은 용모가 세계 어디서라도 시선을 한 몸에 받을 것 같은 개성으로 몹시 튀었다. 그래서 그가 우리의 인솔자라는 걸 알게 되자 속으로 약간 긴장되었다. 괴짜일 것이다, 필시! 저 정도 자기 연출력이라면, 행동거지도 한 '기행奇行' 하겠지. 아, 이 여행이 어째 편치만은 않을 것 같은데?

그러나 이 걱정은 기우로 밝혀졌다. 베이징 공항에서 환승 비행기를 기다리는 동안 서로 간에 대화가 시작되자, 그는 내가 아는 그 연배의 어떤 남성보다 겸손하고 예의 바르고 친절했으며, 무엇보다 편견이나 고정관념에서 자유로운 활짝 열린 정신을 갖고 있었다.

시안에서 그의 중국인 친구들과 어울리는 동안, 나는 한 반도인의 열린 큰 마음과 책임감 있는 행동이 대륙인들을 감동시켜 그들이 그를 진정한 형제애로 대한다는 것을 알게 되었다. 좀처럼 속을 드러내지 않는 중국인들의 마음을 열게 한 그의 비결은 성誠을 다하는 정情, 즉 '성의를 다해 정을 나누는 것'이었다. 그는 상대방이 하나를 베풀면 둘을 보답했고, 한 번 끌어안으면 두 번 안아 주었다. 그리고 이를 방도나 전략 차원에서가 아니라, 스스로 신명이 나서 그리도 즐겁게 했다.

행복 전도사인 그에게 나도 그 비결을 전수받고 싶다. 그래서 그가 평소 염원하듯 '세상이 내가 되고 내가 세상이 되어 아직 세상은

살아 볼 만한 곳이라는 것을 전하는' 일에 동참하게 되었으면 좋
겠다.

* 2015년 가을, 이 글의 주인공 정금호 선생은 갑자기 쓰러져 운명을 달리하셨다. 당시 그는 동티모르 어린이들을 돕기 위한 '본디아 아미고스' 기금 조성을 위해 커피 축제를 준비하던 중이었다. 안타깝고 안타깝다. 하늘에서도 그 환한 행복 전도사의 미소로 지켜볼 것 같다.

꽃보다 사람이어라

나는 사람을 좋아한다. 그래서 그림도 정물화나 풍경화보다는 인물화를 좋아한다. 아름다운 꽃이나 과일, 공예품 따위를 그린 그림도, 멋진 건축물이나 자연 풍경을 그린 그림도 거기에 사람이 '조연'으로나마 등장하지 않으면 쉽게 싫증이 나곤 한다. 만약 모든 편의시설과 먹고살 것이 풍족한 무인도에서 살든가, 말도 안 통하는 원시부족과 함께 하루하루 생존을 걱정해야 하는 오지에서 살든가 둘 중 하나를 선택해야 한다면 아마도 깊은 한숨과 함께 후자를 택할 것이다.

이렇게 자신의 일상 속에서 '사람 없는 풍경'을 상상하기 힘든 성정인 내가 지난 한 해 사람에게 실망한 일을 잇달아 여러 차례 겪고 나자, 연말 즈음에는 '사람 없는 풍경' 속에서 좀 쉬고 싶다는 욕구를 느끼게끔 되었다. 매우 낯설어 스스로도 잘 믿어지지 않는 이 욕구를 어떻게 다룰지 몰라 우왕좌왕하던 차에 한 지인이 중국 시안 여행을 제안해 왔다.

수천 년 고도 시안은 듣던 것 이상으로 매력적인 곳이었다. 베이징·상하이 등 중국의 다른 대도시에서 볼 수 없던 활달하면서도 품격 있는 시가지 풍경과 세월의 풍상을 의연히 견뎌 온 유적지의 장엄한 고아미古雅美, 세계 4대 문명의 발원지 황하黃河 중류의 웅장, 신묘한 자연 등이 작은 반도국에서 온 나그네의 눈을 번쩍 뜨이게 만들었다.

그러나 그 굉장한 도시 풍경, 엄청난 역사 유적, 놀라운 자연경관만 보고 왔더라면 시안 여행이 내가 사람에 대한 '취미'를 회복하는 계기가 되진 못했을 것이다. 말도 안 통하는 이웃 나라 백성 몇 사람이 그 짧은 여행 동안 내게 인간에 대한 믿음과 정을 회복시켜 준 것은 사실 뭐 그다지 특별할 것도 없는 사소한 일들을 통해서였다.

우리 일행을 직접 운전하는 차에 태워 각지로 데리고 다니며 아침부터 오밤중까지 자신의 모든 일상을 접고 4박5일 동안 오로지 손님 접대에 '올인'한 A 선생, 저녁마다 우리를 색다른 먹을거리가 있는 음식점으로 인도하여 중국의 식사 전통과 음주 예절을 더할 나위 없이 친절하고 유쾌하게 시범 보여준 O 선생과 J 선생, 직장 때문에 친구를 대신 보내 통역을 시키고도 퇴근 후면 나타나 보조 통역을 자임하여 자리를 더욱 화기애애하게 만들어 준 조선족 젊은이 K, 우리가 타고 다니던 차가 문제가 생겨 대로변 가운데 멈춰 서자 경적 한 번 울리지 않고 참을성 있게 기다리다 문제 해결에 도움까지 준 이름 모를 승용차 운전자, 떠나오던 날 새벽안개 짙은 고속도로를 달리다가 공항 진입로를 놓치자 진땀 나는 후진 주행으로 1킬로미터가량을 운전하여 진입로를 찾아가는 '비범한' 반칙을 감행하면서도 손님들이 겁낼까 봐 연신 웃음 띤 얼굴로 안심시키던 아줌마 택시 기사……

이들 모두는 중국과 중국인에 대해 이제껏 내가 품고 있던 선입견을 바꿔 놓았을 뿐 아니라 내 나라에서 이기로 똘똘 뭉친 사람들에게 상처받고 얼어붙었던 마음을 어느 결에 치유하고 녹여 주었다. 그리하여 나는 예전처럼 사람을 세상 그 무엇보다 좋아할 준비가 되어 돌아왔다.

이제 나는 다시 또 행복하게 말할 수 있다. 꽃보다 사람, 사람이 희망이어라!

겨울 황하에 서서

중원 대륙의 어머니 강, 황하를 보고 왔다. 세계 4대 고도인 시안에서 황토고원을 여섯 시간 넘게 달려 만난 황하 중류의 장관은 상상 이상으로 웅려했다. 저 머나먼 서쪽 칭하이성靑海省 쿤룬산맥한 작은 샘에서 발원하여 1000킬로미터 이상을 꿈틀대는 용처럼 도도하게 흘러온 황하. 그 거룡巨龍이 이 지역의 협곡에 이르러 갑자기 좁아진, 주전자 주둥이 같은 물길을 통과하며 만들어낸 거대한 말발굽 모양의 폭포 앞에 서자, 나는 그 신묘한 풍경에 넋을 잃었다. 너비 40미터, 낙차 30미터에 이르는 세계 최대의 황토수 폭포는 자욱한 물보라, 우레 같은 소리의 드라마틱한 맥박을 내 마음에 고스란히 전달하며 격렬한 파동을 일으켰다.

나는 갑자기 온몸에 힘이 불끈불끈 솟고 무엇이든 도전해 볼 수 있을 것 같은 황당한 변화의 기미를 내 안에서 느끼며 반신반의

했다. 서울에서의 삶이 한파 속에서 꽁꽁 얼어붙어 도무지 움츠러들기만 하고 태양 아래 새로울 게 뭐 있냐는 심정으로 변화니 도전이니 하는 것들이 모두 시답잖고 공소하게 여겨지던 차에 떠나온 여행이었다.

해마다 세모가 되면 나잇값을 하느라, 또 이래저래 부여받은 사회적 배역을 소화하느라 짐짓 자세를 가다듬으며 뭔가를 새로이 계획하는 시늉을 하곤 하지만, 언제 한번 새로운 삶에 대한 열정을 진실로 지녔던 적이 있던가? 해마다 '당위'로 마지못해 지어낸 신년 계획들이 결국 내 삶의 모습을 별로 개선시키지 못했다는 회오는 깊어 가고, 내 안의 '존재'는 끝없는 답보 속에 시들어 가고 있다는 느낌에 유난히 시달리던 연말이었다. 그러기에 별 기대 없이, 그러나 마음 한구석으론 어떤 영감의 순간을 은근히 바라기도 하면서 따라나선 여행이었다.

하지만 황하, 영화나 책을 통해서나 알던 그 대황하를 만나게 되리라곤 생각 못 했었다. 우리의 인솔자는 그 일정을 당일 임박해서야 말해 주었기에 시안 지역의 고대 유적들을 둘러보는 걸로 만족하려던 참이었다. 그렇게 멋도 모르고 덜컹거리는 사륜구동차에 실려 졸며 깨며 다니던 나는 어느 순간 웅혼 웅비하는 거대한 물이 눈앞에 불쑥 등장하자 충격으로 제정신이 아니었다. 그 물은 나를 집어삼킬 듯 압도하며 고함쳤다.

야, 겁쟁이! 네가 삶을 알아? 나는 산과 계곡, 고원과 저지대, 옹달샘과 호수, 대도시와 촌락, 그 어느 한 곳 거르지 않거니와 그 어느 곳에 머물지도 않고 흐르고 또 흐르는 삶이야. 내 마지막 고향인 큰 바다에 이를 때까지. 그러는 동안 나는 빙설과 범람, 한발 등 온갖 형태로 몸바꿈을 하면서 공중으로 언덕 위로 솟구치거나 넘치기도 하고 바위 밑으로 땅 밑으로 숨어들거나 잦아들기도 해. 계속 흘러가기 위해서 필요한 것은 뭐든지 다 해야 하는 거야. 그래야 궁극에 가 닿을 수 있는 법이지. 흘러야 사는 거야. 알겠니, 겁쟁이!

그랬다. 나는 삶을 몰랐다. 내가 안다고 생각했던 것은 삶이 아니라 삶에 대한 관념이었을 뿐. 보아도 보지 못하는 청맹과니인 나는 그동안 살아오면서 체험한, 좋고 싫고 기쁘고 슬프고 편안하고 고통스럽고 한, 생의 모든 질료들이 사실은 동일체의 무엇, 즉 하나의 흐름이라는 것을 몰랐다. 그래서 어쩌다 좋고 편한 것을 만나면 거기에 머물려고 안간힘을 썼다. 그러면 삶의 흐름은 정지되게 마련인데 그걸 모르고 더 좋은 것만 찾아 용을 써본들 무슨 소용이 있었겠는가.

황하는 물 10에 모래 6이라는 세상에서 가장 무거운 물이 되어 이 진섬협곡의 좁디좁은 물길을 견디며 흐르고 또 흐른다. 나처럼 협곡에 갇혔을 때 어둠 속에서 비르적거리며 생의 지리멸렬을 한탄하며 주저앉았다면 그 뒤에 올 장엄한 폭포의 영광을 결코 보지 못했으리라.

석양빛을 받아 용비늘처럼 휘황해진 몸을 뒤채며 황하는 작별을 고하는 내게 다시 한 번 일렀다. 그래, 흘러야 한다. 좋건 싫건 다 떠안고 흘러라. 좁은 길은 좁은 길대로, 뒤틀린 길은 뒤틀린 길대로, 척박한 길은 척박한 길대로 너의 모래 짐을 걸머진 채 머물지 말고 흘러라. 그렇게 흐르다 보면 언젠가 너의 본향에 가 닿지 않으리.

겨울 선인장꽃

한 주일 내내 눈과 씨름하며 투덜대고 살았다. 아침부터 아파트 복도에 쌓인 눈을 치우느라 빗자루를 들고 설쳤고, 외출 시에는 미끄럼방지 바닥을 댄 부츠를 신고도 새색시 걸음으로 벌벌 떨며 다녔고, 장보러 가서 너무 오른 채소 값에 놀라 이 가게 저 가게 전전하다 그냥 돌아오곤 했고, 도로에서 생긴 이런저런 불상사를 알려오는 지인들의 전화를 받고 함께 탄식하기도 했다. 폭설과 한파가 빚은 그 어수선한 상황에서도 요지부동으로 제자리를 지키는 사람들이 있다는 걸 새삼 알게 되었는데, 20년 넘게 우리 아파트 주위 노변에서 생선과 꽃과 과일을 팔아 온 세 할머니가 그 주인공이다.

엊그제 집을 나서던 중 얼어붙은 보도에서 넘어질 뻔하다가 간신히 균형을 잡고 옷매무새를 바로잡던 내 눈에 불현듯 그 세 할머니가 '줌-인'되어 또렷한 이미지로 들어왔다. 퍽 낯설고 의아하게 다가오는 풍경이었다. 아, 저이들이 저기 저 모습으로 내내 있었더란 말인가! 장사 품목 한 번 바꾸지 않고 생선이면 생선, 꽃이면 꽃, 과일이면 과일을 파는 똑같은 일을 하며 20년을 하루같이 살기라니! 나는 경이에 찬 눈길로 그들을 한참 바라보다가 걸음을 옮겼다.

그날 오후 나는 그들의 이미지와 중첩되는 어떤 기억 속 영상에서 언젠가 서해안 눈밭에서 본 적 있는 토종 선인장을 떠올리는 데 성공했다. 영하 20도의 노지에서도 얼어 죽지 않고 어떤 병충해도 스스로 이겨낸다는 강인한 생명력의 식물, 천년초! 세 할머니는 온실 속에 사는 우리 곁에서 마치 천년초처럼 노지의 겨울을 살아내고 계셨던 것이다.

어릴 적 고향 마을에 첫눈이 펑펑 내리는 날이면 아이들은 모두 밖으로 뛰쳐나와 강아지처럼 뒹굴며 놀았다. 어떤 아이들은 눈사람을 만들고, 어떤 아이들은 눈싸움을 하고, 어떤 아이들은 눈썰매를 타고, 어떤 아이들은 그저 이리저리 내달으며 이유 없는 함성을 지르곤 했다. 그렇게 하루가 지나면 눈놀이도 시들해져서 추운 바깥보다는 따스한 집 안에서 할 수 있는 놀이를 찾곤 했다. 칼바람이 몰아치고 고드름이 처마에 두둑두둑 달리는 엄동설한에 밤이나 낮이나 바깥의 제자리를 꼼짝 않고 지키는 것은 아이들이 첫눈으로 제 집 마당에 만들어 세운 눈사람이었다. 아이들은 이미 새로운 놀이에 정신이 팔려 눈사람 따윈 아랑곳하지 않았다. 입춘이 지나고 슬슬 해빙이 되면서 눈사람도 시나브로 녹기 시작하는데 어느 순간엔가 무심코 눈길을 줬을 때 그것이 있던 자리가 덩그마니 비어 있는 것을 보고 어린 마음에도 묘하게 짠한 느낌이 일곤 했다. 그러나 아이들은 무상無常을 숙고하기에 너무 에너지가 넘치는 존재이다. 눈이 녹으면서 무르고 부드러워진 땅에서 할 수 있는 새로운 놀이들의 유혹은 아이들의 의식에서 눈사람 따윈 까맣게 지워 버렸다.

20여 년간 한동네에서 아침저녁 마주쳐 온 세 할머니도 어느 날 그 눈사람처럼 온데간데없이 자취를 감출지도 모르는데 여전히 나는 아이처럼 무심해도 되는 걸까? 그들이 사시사철 변함없이 자리를 지켜 준 덕에 나는 경조사에 꽃을 갖춰 가고 밥상에 생선 반찬을 올리고 싱싱한 과일을 아무 때나 구해 먹고 하는 일들이 수월했다.

그런데 나는 그들이 그 삶을 어떻게 지탱해 왔을지에 대해 한 번도 관심 가져 본 적이 없는 것이다. 헤르만 헤세의 시에 나오는 표현으로 "장난감을 받고서 그것을 바라보고 얼싸안고 기어이 부숴 버리는 / 내일이면 벌써 그를 준 사람조차 잊어버리는 아이처럼"이란 것이 있다. 그러한 아이의 천진성은 사라지고 무책임성만 남은 것이 어른이 된 이후의 내 모습이 아닌가 싶어 부끄럽다.

귀갓길에 고등어자반 한 손, 귤 한 봉지, 국화 한 단씩을 사자 깊은 주름 사이로 피어나는 그이들의 은근한 미소에서 삶에 대한 책임감으로 숙성된 '어른' 꽃의 향기가 느껴진다. 겨울 혹한 속에서도 인간 천년초들은 얼지 않는 항심恒心의 꽃을 피우나 보다.

설날의 냄새

올해도 설이 되니 돌아가신 큰이모 생각이 난다. 결혼을 하지 않고 우리 가족과 반평생 넘게 함께 살았던 그 이모는 의사였던 어머니를 대신하여 집안 살림을 도맡아 해주었다. 한쪽 다리를 저는 장애를 지니고도 많은 양의 가사노동을 찬송가 가락 흥얼대며 해치우던 이모의 여유만만한 모습은 아직도 내게 불가사의하게 여겨진다.

여섯 식구밖에 안 되는 단출한 가족 모임이지만 게으르고 요령 없기가 뺑덕어미 수준의 주부인 나는 명절이 언제나 좀 부담스럽다. 특히 바쁜 도시 일상에서 아침은 서구식으로 간단하게, 점심은 각자 밖에서 해결하는 터라 삼시 세 때를 '풀코스' 한식으로 장만하느라 부엌에 묶여 살다 보면 사람이란 참 먹기 위해 사는 동물이로구나, 싶어진다. 한 이틀 그렇게 지내다 보면 사흘째쯤은 온몸이 배배 꼬이면서 슬슬 냉장고 옆면에 붙여 놓은 각종 배달 광고 스티커로 시선이 자꾸 간다. 그럴수록 어린 시절 나의 설날을 더없이 풍요한 시간으로 만들어 주던 이모에 대한 그리움이 어떤 익숙한 향내를 동반하며 솔솔 피어난다.

어린 시절 설날 아침은 언제나 이모가 끓이는 구수한 고깃국 냄새와 함께 열렸다. 그믐날 밤엔 눈썹 세지 않으려 애써 졸음을 참으며 부엌에서 전 부치는 이모를 안방에서 배 깔고 엎드려 장지문으로 내다보곤 했다. 그러다가 어느 결에 잠이 들어 밤새 소복소복 내려 쌓인 눈으로 은빛 천지가 된 새 아침을 알리는 까치 소리에 깨 보면, 마치 한숨도 안 잔 사람처럼 이모는 여전히 부엌에서 음식 장만에 여념이 없었다. 부엌에는 광주리 하나 가득 갖가지 전이 쌓여 있고, 채반에는 어느새 빚어 쪄놓았는지 주먹만 한 이북식 만두가 복스러운 자태를 뽐내며 도열해 있는 가운데 김이 펄펄 나는 가마솥에서 건져낸 먹음직스런 수육을 가지런히 썰어 내고 있는 이모는 마치 수라간 상궁처럼 보였다. 그만치 일 년에 한두 번 볼까 말까 한 색스럽고 기름진 음식들이 그득한 그곳은 평소 보던 우리집 부엌 같지 않고 사극 영화에서 본 대궐 안 풍경처럼 생경하면서도 황홀했다.

그러나 미식의 기대에 부풀어 마냥 군침 흘리며 부엌 문지방에 붙어 있을 수는 없었다. 명절이라도 급한 환자들이 찾아올 수 있어 병원 문을 닫지 못하던 어머니가 진료 채비를 바삐 해놓고는 아이들을 불러 설빔으로 갈아입혔다. 머리가 굵은 오빠들은 그냥 새 바지나 새 스웨터 같은 양장 설빔인 데 반해 유독 막내인 나에게는 색동 치마저고리를 입게 했다. 지금 생각하면 이모가 며칠 밤을 새워 만들어 준 '명품' 수제 옷인데, 그때는 왜 그리 그것이 마뜩찮았던지! 하긴 동네에 우리옷 설빔을 장만하여 입히는 집이 거의 없었기에 혼자서 그 튀는 복장을 하고 성당이고 세뱃길이고 다니기가 무척 민망했던 것 같다.

하여간 나는 그 알록달록한 명주 치마저고리를 입고 눈길을 나풀거리며 설날 미사에 다녀오고 이웃 어른들께 세배를 다니면서 듣게 되는 인간문화재급 바느질 솜씨에 대한 많은 찬사를 저녁이면 심통으로 되갚아 주곤 했다. 저녁상에 나오는 왕만두를 죄다 터뜨려서 속은 다 남기고 껍질만 건져 먹어 이모를 속상하게 한 데는 나름대로 꿍꿍이가 있었던 것이다. 다음 해에는 제발 새 설빔이 역전 양품점에서 파는 나일론 바지나 점퍼로 대체되길 바라는 심산에서였다. 그 속셈을 알았을 텐데도 이모는 내가 열한 살 때 서울로 전학 갈 때까지 계속 우리옷 설빔을 성장 정도에 맞추어 고치거나 새로 만들어 입히는 '뚝심'을 발휘하여 내 원망을 샀다.

세밑에 쌀가루 같은 눈발이 흩날리는 창가에 앉아 설 상차림을 궁리하다 보니, 이모의 그 요술손이 만들어내던 건강한 음식들과

자연주의 옷들이 하나 둘 떠오른다. 그 옛날 그분의 수고로운 사랑
이 떡시루처럼 모락모락 피워 올리던 구수하고 찰진 냄새의 기억
과 함께…….

사람은 누가 키우는가

졸업시즌이다. 얼마 전 딸아이의 졸업식이 있었다. 꽃다발과 사진기를 챙겨 아이가 사 년여 소속되어 드나든 학교 캠퍼스에 서니 여러 가지 감회가 밀려왔다. 그로부터 스물일곱 해 전쯤 아이 아버지가 될 사람과 내가 그 대학 부근 막걸리집에서 데이트를 할 때는 우리도 아직 '아이'였기에 2세 교육에 대한 생각 같은 건 도무지 떠오르지 않았었다. 파전과 막걸리 주전자를 놓고 헤겔과 체게바라, 타고르와 라즈니쉬, 마티스와 로드코, 헉슬리와 마르케스를 오가며 종횡무진 '이데아'의 숲을 헤집고 다닐 때였으니, 기저귀와 도시락과 입시와 등록금을 걱정해야 하는 삶의 구체적 현실인 자녀 양육을 화제로 삼을 이유가 없었다.

그렇게 철없던 '반半아이' 남녀가 실제로 자식을 보았을 때 느낀 당혹감은 본능적 충족감 못지않게 컸다. 어느 시인의 표현대로

'잔치는 끝났다'는 느낌에 신생아실에서 입을 오물거리는 빨갛고 쬐끄만 존재를 두려운 시선으로 바라보던 기억이 아직도 생생하다.

하지만 딸아이는 초보 부모의 긴장과 염려에 아랑곳없이 제 자랄 대로 쑥쑥 자라나 부모가 간섭하고 이해할 수 있는 범주 너머에 자기 세계를 구축하기 시작했다. 이것은 마치 화분에 뭔지 모를 씨 하나를 심었더니 처음 보는 넝쿨 식물이 올라와 벽을 타고 지붕 너머까지 뻗어가 그 끝이 어딘지 모르게 되어 버리는 것과도 같다. 그러니까 우리가 물도 주고 거름도 주고 가지도 쳐주면서 공들여 가꾸고 키웠다고 생각했는데, 어느 날 자라난 모습을 보니 우리 노력이나 의지와 상관없이 '스스로 나서 자라는' 자생식물이었다는 발견에 어리둥절해지는 느낌이었다.

물론 아이 아버지는 외국 유학 시절 그곳 시립 유치원에 아이를 보내느라 우리나라에서라면 필요치 않을 각종 의료검진을 받은 후 아이들 놀이터의 사고방지 반장을 해야 했고, 어미인 나는 학교 식당이 마련되지 않은 초등학교와 중학교에 보내느라 나날이 도시락을 싸야 했으며, 사교육 부담을 비켜가기 위해 밤 11시까지 야간자습을 시키는 고등학교에 보내느라 코앞 동네로 이사가는 맹모삼천지교(?)를 실천하는 등, 대한민국 평균 부모라면 누구나 했을 법한 기본 도리는 다 하였다.

그리고 아이가 대학 진학을 앞두었을 때 진지하게 함께 대화하고 고민하여 지금의 전공을 정할 수 있게 도왔으며, 사춘기 때 입시 준비에 묻혀 유보했던 방황을 대학에 들어가 '오춘기'로 뒤늦게 겪어내는 동안 상처받고 화해하는 과정을 함께하려 애썼다. 그리고 아이가 모스크바로 언어 연수를 떠나면서 난생처음 부모 품을 떠나자 걱정과 허전함을 달랠 수 없어 된장·고추장 따위를 싸들고 술 취한 기장이 모는 러시아 비행기에 목숨 맡기며 현지답사를 다녀오기도 했다.

디지털 카메라로 찍은 졸업사진들에 담긴 딸아이의 밝고 환한 모습을 컴퓨터에 옮기노라니 새롭게 마음의 귓전을 파고드는 것이 있었다. 딸아이가 지금의 그 자신인 것은 우리가 부모로서 해준 모든 것 이전에 그렇게 이끌어 가기로 하신 하느님의 계획이 있었던 때문이라는 생각이다. 너무 예정론적인 얘긴지 모르겠으나, 그 아이가 한 인간으로서 스물 몇 해 동안 겪어온 여러 곡절 중에는 위험한 고비들도 없지 않았는데, 이제 세상에서 나름대로 제 몫을 할 것 같은 믿음을 주는 젊은이로 성장할 수 있었던 것은 그렇게 되기로 계획되어 있었던 덕분이 아닐까? 이것은 우리가 미리 예측할 수 없는 묘연한 영역의 일이기에 자식으로 인해 마음 태운 순간들이 안타깝지만 어쩔 수 없다. 그냥 다 맡겼으면 아이도 우리도 좀 더 편안했을 텐데……

딸아이가 일곱 살 땐가 하굣길에 갑자기 쏟아지는 소나기에 발이 묶여 남의 집 처마 밑에 서 있다가 했던 말이 생각난다. 변덕스런 날씨를 짜증스러워하는 어미에게 타이르듯 일러주던 말. "괜찮아. 하느님이 모두 다 살게 해주시려고 그러는 거야." 그래, 그렇구나, 딸아. 그분이 그리 계획하시니 네가 잘 자랐구나. 고맙습니다, 하느님!

음력으로 온 사순절

4월은 확실히 잔인한 달이다. T. S. 엘리엇이 앞서 그런 말을 하지 않았더라도 언젠가는 내 입에서 그 비슷한 탄식이 나왔을 것이다. 열두 달 주기로 순환하는 우리네 삶이 그렇다는 것을 해가 갈수록 더 확연히 느끼는데 올해도 예외 없이 당하고 말았다.

우리가 흔히 새봄을 가리켜 하는 말 중에 '꽃피는 춘삼월'이란 표현이 있다. 그 춘삼월은 아직 추위가 꽃샘이니 뭐니 하며 얼쩡 대는 양력 3월이 아니고 봄기운이 완연히 자리 잡는 음력 3월, 즉 양력 4월을 얘기하는 것이다. 그러니만큼 4월이 되면 사람들은 동 절기 동안 움츠리고 경직됐던 심신이 절로 펴지고 이완되어 그 따스하고 화사한 절기의 축복과 위로를 한껏 기대하기 마련이다.

그런데 웬일인지 지난 수년간 이 시기만 되면 나는 멀쩡하다가 도 병이 나고, 병이 이미 나 있던 차면 증세가 악화되곤 해서 이젠

4월을 맞기가 두려울 정도다. 혹자가 이런 현상을 두고 개선 또는 발전을 위한 성장통이라고 충고해 온다면 '봄가을'을 반백 번도 더 넘긴 이 몸에 성장통이 웬 말이냐고 짜증 섞인 대꾸를 하지 않을 수 없다.

올 4월에는 이런 짜증조차 맘 놓고 낼 수가 없다는 것이 더 문제였다. 휴전 중에 들이닥친 게릴라 같은 원인불명의 전신 가려움증에 월초부터 내도록 시달리노라니 우선 밤잠을 제대로 못 잤다. 자연히 심신의 피로가 극심해진 터라 약간의 정서적 불편감이나 심리적 불안감조차 증세를 곧잘 악화시키곤 했다.

이렇게 몸 상태가 좌불안석이니 무슨 일에도 5분 이상 집중하기가 어렵고 잠을 못 자 온종일 비몽사몽간으로 정신을 차릴 수가 없는데도 애써 태연·대범함을 유지하자니 참으로 고역이었다. 양방, 한방, 민방 가릴 것 없이 갖은 치료법을 써봤으나 차도가 없을뿐더러 오히려 조금씩 더 나빠지던 끝에 '미워도 다시 한 번' 찾은 피부과에서 그렇게도 기피하던 스테로이드 처방을 받고서야 겨우 병증이 가라앉기 시작했다. 그러나 오래 쓰면 심각한 부작용을 각오해야 하는 스테로이드 치료를 마냥 지속할 수 없는지라 일반 약 처방으로 증상이 7할 정도밖에 해소되지 않은 상황에도 감지덕지하며 견디고 있다.

사람이 몹시 힘든 고통을 겪은 후에는 그보다 수위가 좀 낮은 고통은 일종의 평안으로 받아들이게 되는지, 4월도 막바지에 이른 지금 나는 평소대로의 일상에 복귀하여 이 글을 쓰는 것도 가능해졌다. 그러면서 지난 몇 주간 '오체불만족'의 상태로 현대판 욥기를 써댔던 그 불우한 인간은 누구였던가 싶게 다시 사람들과 만날 약속을 잡고 작업 일정을 새로 짜고 하는 나 자신이 신기하게 느껴진다.

사물의 가치 판단에 있어 그 기준의 상대성을 중시한 선현들이 있었다. 나는 이번 일을 겪으면서 고통이란 것이 정도에 따라 고통이 아닐 수 있으며, 나아가서 그 고통을 겪는 주체가 누구냐에 따라 고통의 성질 또한 달라질 것이라는 생각을 하게 되었다.

베이비부머 세대인 남편이 한창 군 생활이 삼엄했던 시절 전방에서 복무하던 때를 회고하던 얘기가 떠오른다. 영하 35도를 밑도는 철원 최고지에서 야간 보초를 서곤 했던 그는 산기슭 민간 부락에 어쩌다 내려오면 그곳 기온조차 영하 20도 정도임에도 무릉도원에라도 든 듯 온몸이 녹아들면서 거의 환각 상태의 쾌감을 느꼈다고 했다. 이처럼 극한 체험을 한 이들은 좀 덜 혹독한 상황에 놓이게 되면 거의 열락감과도 같은 것을 느낀다고 한다.

그와 연관해서 연초 설 무렵에 겪은 마치 영화 속 장면 같았던 화재 현장 탈출 사건도 떠오른다. 우리 일행은 저녁 아홉 시경 4층 건물의 2층 카페에서 생맥주 한 잔씩을 시켜 놓고 앉아 있다가 어느 순간 연기 냄새를 맡고 그 건물 지하에서 화재가 발생하여 화염과 연기가 급속히 위로 번져 오르고 있다는 걸 알게 되었다. 우리는 업소 주인이 어렵게 구해 온 철제 사다리를 눕혀 주방 창과 옆 건물 옥상을 연결하여 초긴장 속에 한 사람씩 무사히 건너가 카페 안에 있던 전원이 피해를 면했다. 자가 구조를 못한 위층 사람들은 소방대가 와서야 구조되었으나 이미 연기를 많이 마신 뒤라 병원에 이송되어 치료를 받고 있다고 다음 날 아침 뉴스가 보도했다. 그러니까 더 늦은 시각에 우리가 거기서 술에 취한 상태로 있거나 했다면 우왕좌왕하다가 제대로 대피를 못 하여 무슨 사태가 벌어졌을지 모르는 일이다.

세밑에 벌어진 일이라 그 사건은 내게 신년 운수를 암시하는 두 가지 점괘로 읽혔다. 액땜을 제대로 해서 새해에는 궂은 일이 없을 거란 게 그 하나. 또 하나는 사람의 일은 한치 앞도 알 수 없다는 것. 3월까지 건강도 제법 호조세였고 계획했던 작업들도 순조로이 풀려 나가던 참이라 전자의 점괘가 맞다는 쪽으로 행복한 결론을 내리려는데 달이 바뀌기가 무섭게 시련이 덮쳐 왔던 것이다. 삶이라니!

부활 축일도 다 지난 연후에 들이닥친 그 고난의 시기는 무슨 까닭에선가 내게만 유별나게 음력으로 부과된 사순절처럼 여겨졌다. 하지만 어느덧 나는 새 희망의 부활절을 앙망하며 그 어느 때보다 간절하게 5월을 기다리고 있다. 엘리엇이 시 〈황무지〉에서

읊었듯이 "죽은 땅에서 라일락꽃을 피워내고"자 그토록 잔인했나 싶은 4월을 너그러운 미소로 떠나보내고 환한 기쁨으로 찾아오실 계절의 여왕을 맞고 싶다.

내 고마운 '목금녀' 동지들

오랜만에 경상도 산골마을에 귀촌해 사는 선배를 찾아갔다. 이른바 갑상선 수술을 해서 목에 금(절개선 흉터)이 나 있는 여자들의 모임인 '목·금·녀' 회동을 위한 발걸음이었다. 세간의 우스갯소리에 의하면 갑상선에 문제가 생기는 사람은 평소 하고 싶은 말을 다 못 하고 살아 그런 병이 생기는 거라 했다. 본인이 바로 그런 경우라며 몇 년 전 동병상련의 도원결의를 맺은 세 여자가 해마다 두어 차례 모인 게 수년째다. 역에 마중 나온 후배는 몇 년 전 그 선배의 소개로 만나 목금녀 회원이 된 여인으로 우리가 모일라치면 으레 기사 노릇을 자임하곤 했다.

차로 한 시간 남짓 이동하는 동안 서울선 아직 소식 감감인 온갖 꽃들이 만개해 있어 상춘객도 아니면서 은근히 들뜨는 기분이었다. 가는 도중에 선배 집에 전화를 하니 텃밭에서 뽑은 봄 푸성

귀가 풍성하니 삼겹살과 같이 먹으면 좋겠다고 해서 면 소재지 마트에 들러 고기도 두어 근 끊고 막걸리도 몇 통 샀다.

도시에서 사업체를 꾸려온 후배는 운전 중에 자신도 머지않아 귀촌할 생각이라며 얼마 전 나름 노후 대책의 일환으로 사들인 시골 땅에 만병통치 약재라는 삼채를 심어 돈도 벌고 자신과 주변의 건강도 챙기겠다는 야무진 꿈을 얘기했다. 이혼 후 혼자서 아들을 훌륭하게 키워온 씩씩한 후배지만 저간의 어려움이 만만치 않았음을 왜 모르겠는가. 그럼에도 '까도녀'적 이미지의 그녀가 귀촌을 계획하게 된 현실적 동기일랑 아랑곳없이 마치 그 연령대 중년층이라면 누구라도 가질 법한 자연회귀적 욕구 때문일 거라고 생각되어 새삼 동지애가 일었다.

요즘 예전 같지 않은 건강 때문인지 반생태적 도시 생활에 부적염증을 내고 있던 나는 그런 이야기들에 귀가 솔깃해지곤 했다. 그래서인지 선배의 외딴집으로 들어가는 골목에서부터 들려오는 개 짖는 소리마저 꽤나 정답고 포근하게 느껴졌다. 후배와 장 봐온 것을 나눠 들고 오두막 사립문을 들어서니 봄볕에 그을린 건강한 낯빛의 선배가 손님 왔다고 짖어대는 강아지들에게 둘러싸여 봄나물이 그득한 소쿠리를 보이며 활짝 웃는다. 뭘 그렇게 많이 사들고 와. 요즘 온 마당이 찬간인데!

평소 좀 외로워 봬 마음이 쓰이는 그녀지만 때로 이렇게 은거하는 현자처럼 여유롭게 다가오는 데는 이유가 있다. 언젠가 그녀는

'은혜'라는 제목으로 메일을 보내온 적이 있는데, 그즈음 그녀는 자기 삶에 대한 좌절감이 극에 달해 있던 시점이었다. 그 메일 내용을 정리하면 이렇다.

형제의 빚을 떠맡아 빈털터리가 되어 오랜 도시 생활을 접고 귀농해 살던 그녀에게 가족이라곤 강아지 세 마리뿐이다. 이들을 데리고 십 년 전 연고도 없는 산골 생활을 시작한 그녀에게 바깥세상과의 소통을 이어주는 것은 인터넷이다. 그런데 어느 일요일 아침 일어나니 컴퓨터가 이유를 알 수 없게 작동이 되질 않고. 강아지 한 마리가 뭘 잘못 먹었는지 하루 종일 토한다. 워낙 빠듯한 살림에다 외진 곳이라 컴퓨터 수리공을 부르는 일도, 동물병원에 가는 일도 만만치가 않다. 미칠 것 같은 기분을 안고 동네 교회에 갔다. 예배 중에 계속 생각했다. 이것도 주님의 뜻일까? 그러면 주님께서 주시는 메시지는 무얼까? 이런 사소하고 귀찮은 일로도 주님께 기도하고 매달려도 되는 걸까? 집에 돌아와서도 여전한 문제로 종일 속을 끓이다가 밤이 되자 에라 모르겠다, 주님께서 어떻게 해결해 주시겠지, 하며 잠자리에 든다. 희망에 불과했을 텐데 다음 날 아침에 일어나자 정말 그랬다! 강아지도 더 이상 토하지 않고 컴퓨터도 잘 작동되었다.

그녀는 감격해하며 메일의 마지막 문장을 이렇게 적었었다. "뜨거운 은혜로 기적 같은 하루가 시작되었다!"

이후로도 선배는 종종 그런 식의 작은 기적들을 '간증'하며 내가 지난 몇 년 동안 모종의 난치병을 앓으며 실의에 빠져 있을 때 한 번씩 내 마음의 등짝을 죽비처럼 내리쳐서 정신을 차리게 만들기도 했다.

그러한 목금녀 동지의 또 한 사람으로 미국서 사는 대학 선배가 있다. 재작년 여름인가 그 선배가 오랜만에 귀국했다. 그녀의 귀국을 환영하기 위해 공동의 지인들이 모여 저녁 시간을 함께 보내게 되었다. 술을 곁들인 저녁식사 후 그림 그리는 후배의 스튜디오에서 맥주 한잔을 더 하며 분위기는 흥그럽게 무르익었다.

컨디션이 컨디션인지라 평소 즐기던 술을 애써 참으며 혼자 말똥말똥해 있는 나를 눈여겨보던 선배가 곁으로 와 팔짱을 끼며 속삭였다. "얘, 너 지금 잘 넘기고 건강해져서 오래 살아야 해! 너 잘못되면 나도 어떻게 될지 몰라. 진짜야. 그러니 알아서 해, 응?" 약간 혀가 풀린 음성으로 협박하듯 다그치는 선배의 눈빛에 취기와 함께 물기가 어른거렸다.

30년 세월을 자매처럼 지내온 그 선배가 그 말을 했을 때 그것이 그녀의 가감 없는 진심임을 알아보지 못했다면 나는 뭔가 잘못된 사람이다. "그래, 선배. 알았어. 선배나 건강 관리 잘해." 나는 심상하게 대꾸했지만 속으로는 뭉클한 감동과 함께 알지 못할 곳에서 갑자기 기운이 솟구치는 듯했다. 혈연 관계도 가족도 아닌 사람이, 그 먼 곳에 떨어져 살면서 나에게 그토록 마음을 의지하

고 있었다니! 나는 그녀에게 매우 중요한 존재라는 얘기가 아닌
가. 세상에 어떤 한 존재라도 이렇듯 나를 소중히 생각한다면 나
는 '잘 살아야' 할 이유가 충분한 것이다. 거기다 그녀는 나보다
훨씬 더 파란만장하고 신산한 세월을 견뎌온 사람이기에 더더욱
그러하다.

  경상도 목금녀들을 만나러 갔을 때 사실 나의 몸 컨디션은 좋지
않았고, 또 돌아와서도 여전히 그런 상태다. 하지만 그들과의 만남
은 몸의 피로함을 감수할 만한 어떤 가치에 대한 믿음을 일깨운다.
세상 살면서 가슴에 쌓인 것을 다 말하지 못하지만 일일이 말 안
해도 서로 그 사정을 알아줄 만한 사람들이 어디선가 살고 있다는
것이 얼마나 힘이 되는지!

이모의 상추부침개

경상도 소읍에 한 할머니가 있었다. 그이는 어릴 적에 소아마비를 앓아 왼쪽 다리를 절었다. 그러나 머리가 비상하고 손재주가 뛰어나 불편한 몸으로도 못하는 일이 없었다. 이북에서 월남하여 언니네 가족과 수십 년을 함께 살다가 언니네가 서울로 생활기반을 옮겨간 이후 조그만 집을 마련하여 혼자 지냈다. 그이가 바깥일에 바쁜 언니를 대신하여 키워 준 조카들은 장성하여 제각기 살기에 바빴으나, 그들 모두에게 유년기의 아늑한 요람이 되어 줬던 그이는 고향의 다른 이름이었다. 불행히도 그 삼남매 중 둘은 난치병을 얻어 저희 부모와 앞서거니 뒤서거니 먼저 하늘나라로 떠나 버렸다.

혼자 남은 막내가 이따금 '고향'을 찾아가면 파파 할머니가 된 그이는 아픈 데 많은 쇠잔한 몸으로 그래도 뭔가 만들어 먹이려 텃밭과 재래식 부엌을 절둑 걸음으로 바삐 오갔다. 주위가 온통

초록빛으로 물드는 유월이 되면 막내는 그 이모가 만들어 주던 상추부침개 생각이 솔솔 난다. 그때쯤 고향에 내려가면 이모의 채마밭 수확이 풍성하여 백 프로 유기농 푸성귀를 실컷 맛볼 수 있을 뿐더러 한 보따리씩 싸들고 돌아올 수가 있었다.

막내가 밭에서 거둬들인 예닐곱 가지 제철 채소가 담긴 소쿠리를 끼고 앉아 종류별로 챙겨 봉지에 담는 동안, 할머니는 갓 따온 싱싱한 상추로 부침개를 부쳐 내곤 했다. 묽은 밀가루 반죽을 대충 묻혀 연탄불에서 슬쩍 지져내 초간장에 찍어 먹는 그 부침개의 맛이라니! 약간 쌉싸름한 뒷맛을 남기는 상추가 아삭아삭 씹히는 가운데 고소한 들기름 맛이 밴 쫀득한 '밀가리 찌지미'의 조화는 그곳, 그이 손이 아니고서는 재현될 수 없는 어떤 경지였다.

부침개를 다 부치고 나면, 화덕에 냄비를 달궈 조선간장을 태운 다음 그 태운 간장을 버무려 넣은 그이만의 양념에 조카가 사온 고기를 쟀다. 한 시간쯤 뒤 잡곡을 넉넉히 섞은 고봉밥과 풋고추 넣고 끓인 강된장, 불고기와 함께 물기 뚝뚝 듣는 상추쌈 한 채반이 오른 개다리소반을 사이에 두고 할머니와 막내는 오랜만에 행복한 겸상을 하곤 했다.

언젠가 한번은 그 오붓한 시간에 불청객 하나가 끼어들었다. 막내 입장에서 불청객이지, 알고 보니 할머니에겐 단골손님이었다. 윗동네에 산다는 치매 걸린 노인이었는데, 할머니는 무작정 들이

닥쳐 밥을 달라고 하는 또래 침입자에게 조카에게 차려준 것과 똑같은 밥상을 차려 내주었다. 걸신 들린 사람처럼 게걸스럽게 먹은 후 인사도 없이 가버리는 그 무례한 식객을 가리켜 막내는 무의탁 노인이냐고 물었다. 뜻밖에도 그 할머니는 집안 형편도 괜찮고 어머니를 잘 모시는 아들 내외가 있는 사람이었다. 그런데도 못된 아들·며느리가 어미를 굶긴다고 동네방네 떠들어대며 밥 구걸을 다닌다는 것이었다.

막내는 의아해져 다시 물었다. "아무리 치매지만, 그 할머니 좀 그렇네. 무의탁자도 아니고, 성질도 안 좋은 노인네한테 이모는 왜 밥을 차려 줘요?" 이에 돌아온 이모의 대답을 막내는 평생 잊지 못할 것이다. "예수님이 어데 착한 사람 밥 주라 카싰나? 배고픈 사람 밥 주라 캤지."

이 '보살' 할머니가 바로 몇 해 전 선종하신 나의 큰이모님이다. 내게 그리스도인의 덕행이 무엇인지 보여준 사람, 그이의 향기로운 상추부침개가 그리운 계절이 돌아왔다.

휴가의 선물

지난여름 나는 모처럼 '나홀로' 휴가를 다녀왔다. 건강이 좋지 않아 예정되어 있던 국외 답사 여행을 취소하고 동해 바닷가에 소박한 민박집 방을 빌려 한 열흘간 은둔했다.

실컷 늦잠을 자고 일어나 가벼운 읽을거리나 유선 TV 프로를 보며 빈둥거리다가 배고파지면 아무거나 한술 챙겨 먹고 바닷가로 나갔다. 따가운 햇볕과 인파를 피해 저물녘의 해수욕을 즐기거나 한없이 뻗어 있는 해안선을 따라 무작정 거닐었다. 어차피 인터넷도 안 되는 곳이고 핸드폰도 비상 연락시를 빼곤 꺼놓았기에 떠나온 곳 사람들과의 통신은 자연히 두절되었다. 가게에서 물건 값을 묻거나 식당에서 음식 주문할 때가 아니면 입을 뗄 일이 전혀 없었다. 과거 어느 때 이처럼 일이나 인간관계, 그리고 대화할 필요로부터 완전히 벗어난 적이 또 있었는지 기억나지 않았다. 나는 실로 오랜만에 고독한 해방감을 만끽하며 시간의 흐름에 몸과 마음을 맡겼다. 시간은 관리하지 않으니까 제멋대로 잘도 흘러갔다.

묵언 수행에 든 행자승마냥 입을 꾹 다물고 지낸 첫 사흘이 지나면서 머릿속에 늘 뿌옇게 엉겨 있던 잡다한 상념의 연무가 시나브로 걷히기 시작했다. 무게도 없고 부피도 없는 줄 알았던 상념이란 것이 실제로 질량감이 있구나 싶게 머리통 자체의 무게가 신기하게 가벼워진 느낌이었다. 오랜 지병인 견비통도 목 근육 경직증도 거의 사라진 듯했고, 평소 늘 좀 체기가 있는 양 묵지근하던 뱃속도 단식을 하고 난 후처럼 개운하고 편안했다. 자연히 팔다리의 움직임에도 활기가 붙어 이십 리 길도 바퀴 달린 신발을 신은 듯 가뿐히 오갔다.

그다음 사흘 동안에는 죽어 있던 몸의 감각이 살아나기 시작했다. 드넓은 수평선을 많이 봐서인지 며칠 새 시야가 크게 확장되는 느낌과 함께 먼 거리에 있는 것들에 눈길이 머물면서 평소라면 발견하지 못했을 사실들에 대한 관찰이 일어났다. 또한 가까운 곳에 있는 물체들에 대해서도 처음 바라보는 듯한 생경함과 함께 신선한 호기심이 일기도 했다. 이른바 현대 예술에서 각광받는 '낯설게 하기' 기법에 전제된 '낯설게 보기'가 이루어진 것이다. 딸아이가 MP3에 저장해 준 젊은이들의 팝 음악도 이렇게 새로워진 '눈'으로 들으니 평소 좋아하던 계열의 음악 못지않게 내 안에 감성적 파장을 일으켰다. 감각이 젊어졌다는 얘기가 아닌가! 도시의 일상에서 더위와 피로에 지쳐 모든 게 '니 맛도 내 맛도 아니라고' 느끼던 미각도 어느 결에 돌아왔는지 노점에서 사먹는 찐 강냉이 한 토막이나 기교 없는 시골 짜장면 한 그릇에도 쉽게 감동했다.

마지막 사흘은 자연과의 대화에 심취한 시간이었다. 말이 쉬워 자연과의 대화를 흔히들 입에 올리지만, 자연은 쉽사리 인간과의 대화에 응하지 않는다는 것을 이번 기회에 알았다. 일주일 가까이 일과 약속을 '끊어' 몸을 비워야 했고, 묵언의 시간을 통해 머리를 비워야 했다. 또 날마다 이십 리 이상 걸으며 석양이 내릴 때까지 꾸준히 자연에 '말없이 말 걸기'를 시도해야 했다.

그러자 어느 순간 자연이 내게 말을 건네 오기 시작했다. 파도가, 모래밭이, 조개들이, 갈매기들이, 바위가, 솔밭이, 구름이, 저녁 노을이, 바람이……. 그들과 말을 섞는 동안 시간은 무궁무진한 빛깔과 소리와 향기와 촉감의 향연으로 변하였으며, 그것들은 제각기 내 안에서 깊고 선명한 의미의 흔적을 남겼다.

가을의 문턱에 선 지금, 일상에서 지치고 갑갑해지려 하면 나는 그 흔적들을 가만히 마음 갈피에서 불러낸다. 그것들을 살펴보고 귀 기울여 보고 냄새 맡아 보고 어루만지는 동안 나는 어느새 여름휴가의 그 찬란한 시간으로 돌아간다. 그러면 구겨진 마른 종이에 수채화 물감이 번지듯 소리 없이 빠르게 생기와 여유가 충전되는 느낌이다. 아, 행복했던 침묵의 여름이여, 그 기쁜 휴가의 선물이여!

4

내 마음의 터널

내 마음의 터널

해가 바뀌자 매년 이맘때 그래왔던 것처럼 뭔가 삶의 변화를 꾀하려는 궁리를 이것저것 하게 된다. 1월생인 나는 대체로 생일을 기준으로 새로운 한 해의 시작을 스스로에게 선포하곤 하는데, 엊그제 생일 밥 세 끼를 다 먹고 나서도 머릿속이 하얗게 비어서 새해의 설계는커녕 변화를 가져와야 할 소소한 것들의 리스트조차 떠오르지 않았다.

　지난 수년간 연초마다 수첩에 적어 내려간 항목이 한 다스는 되곤 했다. 물론 그것들을 '연말정산' 해보면 두어 가지 빼고는 실제적인 변화를 본 바가 없는 게 대개의 경우다. 그나마 한 가지는 스스로의 의지력이 아닌, 외적 상황의 압박에 의해 어쩔 수 없이 떠밀려 이루어진 변화였다. 나는 자랑스레 내세우기 뭣한 해묵은 버릇이 있었는데, 술에 관한 관심이 지대한 탓에 대형 마트에만 가면 사든 안 사든 술 코너를 기웃거리며 새로 출시된 주류 제품이 있는지 살피며 시간을 허비하곤 했었다. 그러던 것이 몇 년 전 알코올이 독으로 작용하는 어떤 지병을 얻고부터 음주량의 최소화는 물론 술에 대한 관심 자체에서 벗어나려 한동안 차나 향신료 코너를 살펴보는 대안 취미로 전환하려는 노력을 해왔다. 그런 노력이 늘 성공적인 것은 아니어서 내 두 발은 종종 김유신의 애마처럼 저절로 술 코너로 나를 데려다 놓기도 했다. 스스로 못 마실지언정 주당 남편이 좋아할 만한 신제품이 있는지 보겠다는 핑계를 내세우지만 실은 관음觀飮의 취미라는 것을 부인하기 어렵다.

그런데 올해는 이 우스꽝스런 버릇마저 고쳐 보겠다는 생각이 들지 않는다. 그러니 절박성에다 약간의 용기까지 요구되는 항목으로 지난 수년간 '달라지기' 리스트의 상위 자리를 지켜온 '하모니카 배우기' 같은 것은 이 글을 쓰고 있는 지금에사 간신히 떠올랐을 뿐, 표면 의식 아래로 가라앉은 지 오래다. 이것도 술처럼 관음觀音하는 차원에서 자족할 수 있는 것이라면 음반을 구해서 열심히 듣는 걸로 대체해 왔겠건만 애초에 약한 폐기능을 보강하는 건강요법으로 생각했던 것이기에 매년 미제로 남아 끈질기게 리스트에 올라왔다. 하지만 이 역시 엊그제 자정 무렵 수첩을 꺼내놓고 새해의 리스트를 적어 보려 했을 때 떠오르지 않았다.

혹시 지난 한 해 동안 실질적 변화를 이뤄낸 게 있을까 해서 작년 수첩을 꺼내놓고 확인하니 놀랍게도 한 가지도 없다. 십수 년에 걸쳐 한 해에 두세 가지씩은 그래도 작심삼일을 벗어나 짧게는 작심백일, 길게는 작심삼백일 선을 돌파하는 것이 나오곤 했는데 지난 한 해 내게 무슨 일이 일어난 것인가!

황당한 기분에 다시 꼽아 보니 몇 가지 작심백일 가까이 간 변화의 시도들은 있었다. 일주일에 4일 40분 이상 운동하기, 오백 원짜리 동전을 모아 보내는 기부금 배가하기, 한 달 평균 200자 원고지 100매 쓰기, 건강식품 매일 챙겨 먹기 등등……. 이런 소소한 습관 들이기가 비교적 순조롭게 이어지다가 어느 시점부터 일시에 맥이 끊긴 것을 알 수 있었다. 팽팽하게 날아오르던 연이 세찬 바람에 줄이 끊겨 가뭇없이 사라지듯 긍정적 변화를 위한 나의 그 노력들이 증발해 버린 것이 세월호 참사와 시점을 같이한다는 사실이 우연에 불과한 걸까? 세월호라니, 그 사건은 대체 내게 어떤 의미였기에 힘에 부친 혁신 대신 일상에서 작은 변화들이나마 조금씩 일구며 살고자 했던 나의 소시민적 의지마저 흔들어 놓았단 말인가?

세월호 재앙 이후 아홉 달 동안 온갖 통탄과 분노, 반성과 회오, 분석과 견책의 소리들이 귀가 멍멍할 정도로 들끓었고 지금 이 순간에도 현재진행형인 그 비극의 고통과 후유증으로 비탄의 신음이 끊이지 않고 있는 게 우리의 현실이다. 인간은 어떤 사건의 끝이 보이지 않을 때 그 사건이 야기한 문제적 상황을 자기 삶에 주어진 조건으로 삼고 그것에 적응하려는 경향이 없지 않다. 가도 가도 터널의 끝이 보이지 않으면 터널 속에서 생존하는 법을 익히게 마련인 것이다. 그 일이 내게 일어난 듯, 어둡고 숨막히는 터널을 당연한 삶의 조건으로 내면화해 가던 중 소소한 변화를 가져오려던 나의 모든 시도가 허무하고 부질없게 느껴졌고, 그 의식은 무위無爲로 이어졌다. 나는 나무늘보처럼 최소한의 활동만으로 하루하루를 버텨 나가는 삶을 선호하게 되었다. 운동도 글쓰기도 음식이나 약 챙겨 먹기도 최소한으로 하고 하모니카 따위는 요정나라의 악기만큼이나 먼 세상의 것으로 생각하게 되었다.

그러던 즈음 〈인터스텔라〉라는 영화를 보게 되었다. 그것은 천문학적 시간과 거리 너머의 다른 시공간에 단숨에 도달하게 하는 우주의 구멍, 웜홀을 얘기한다. 그럼 혹시 내가 갇혀 있는 이 터널이 우리 시대의 웜홀? 에이, 설마……. 아냐……그럴지도 몰라! 옛날에는 산 너머에 있는 어떤 곳에 가자면 높은 정상까지 올라가서 내려가거나 산길을 굽이굽이 돌아가는 수밖에 없었다. 교통수단의 발달과 더불어 도로 개발 공법의 발달로 산에 터널을 뚫어 목적지에 도착하는 시간과 거리를 최소화하고부터 우리는 새로운 차원의 세상을 열어가게 되었다. 그렇게 터널은 우리 삶에서 우주의 웜홀처럼 불가결한 이동의 통로가 되었다.

나는 신년 수첩을 꺼내놓고 잠시 망설이다가 '달라지기' 리스트의 제1항을 적는다. 내 마음의 터널 속으로 더 깊숙이 들어가기. 나머지 항목은 다 생략이다. 어디선가 희미하게 하모니카 소리가 들려오는 듯하다.

시를 쓰는 여울고기

대구에는 '밤의 시장市長'이라 불리는 호걸이 한 분 사신다. 왜 밤
의 시장이냐 하면, 그를 따르고 좋아하는 사람들이 낮보다는 밤에
그의 주변에 많이 모이기 때문이다. 밥집이나 주점에서 그는 밤
의 시장답게 폭넓은 인맥의 네트워크를 작동시켜 낮의 제도권 또
는 공공 영역에서 풀어나가기 어려운 일들을 처리하고 도모한다.
사람들이 달의 시간 중에 풍류를 즐기는 건 자연스러운 현상으로,
그의 주변에는 늘 술과 노래가 넘쳐나고 호방한 풍자와 웃음이 떠
나지 않지만 때론 숙연한 울음과 성찰의 집회가 되는 것을 마다
하지 않는다.

　《수호지》의 인물들에 비유하자면 그는, 송강과 오용을 합쳐 놓
은 것 같은, 지智·충忠·덕德의 삼박자를 갖춘 드문 리더의 표상이
다. 당연히 그는 '양산박' 호걸답게 칠십여 평생을 온전히 재야의

인물로 살아왔다. 그가 유일하게 지녀본 공적 타이틀이라곤 한 시민 봉사단체의 대표와 환경연합 공동의장 자리다. 소록도 한센인을 돕고 노숙자 쉼터를 운영하는 등 소외된 이웃을 위한 자원봉사를 하는 그 단체의 이름은 '참길회'다. 그가 처음 만들고 40여 년 이끌어온 그 단체는 각 분야에서 자기 생업에 충실한 사람들이 오로지 순수한 봉사 목적으로 모여 활동하는 곳이다. 그러기에 어떤 관계의 강제성도 존재하지 않지만 회원들은 그를 그저 단체의 수장이 아닌 스승으로 대하며 존경하고 사랑한다.

그런 그가 몇 년 전 위암 수술을 하고 지금껏 투병 중인데, 위 전체를 들어낸 후 항암 치료를 하는 동안 얼마나 고통스러웠던지 '항암일기'라고 명명한 병상일기에 그는 이렇게 적었다. "이제까지 신나게 망상에 젖어 있던 내가, 말없이 내 신바람에 시달리던 나에게 완전히 졌다. 그래 항복이다. 제발 뭘 좀 먹게 해다오."

그랬다. 오랜 세월 그를 오라버니로 생각하고 따랐던 나 역시 그의 이런 모습은 참 낯설었다. 내가 아는 그는 늘 호기롭고 걸림 없고 능하고 키케로 같은 감성 웅변의 달인이었는데, 그런 그가 자신이 거쳐온 신념과 신명의 세월을 비웃으며 다만 좀 살게 해달라고 호소하다니! 사람에게 중병으로 인한 신체적 고통이란 것이 때로 자기 존재의 존엄성마저 잃게 하는 괴력을 발휘한다는 것을 가족이나 나 자신의 투병 과정을 통해 잘 알고 있음에도 그의 이

비명은 왠지 생경하게 다가왔다. 말하자면, 아프고 기운 없고 무기력하고 의기소침한 그는 그가 아닌 것처럼 느껴지는 것이었다.

들기로 그는 군부독재 시절 당국의 지명수배를 받아 도망 다니며 숨어 지내야 했던 시절도 있었고, 교사였던 그의 아내가 벌어들이는 수입으로 대가족이 살아야 했기에 극빈에 시달린 세월도 짧지 않았다. 언젠가 그들의 작은 서민 아파트에 가봤더니 세간이라곤 구식 장롱 하나와 낡은 텔레비전 한 대, 허름한 교자상 하나밖에 없었던 걸로 기억한다.

그러나 어떤 현실적 남루와 신변상의 불안도 그의 청청(실은 '발랄'이란 표현을 쓰고 싶지만)한 기백을 위축시키지는 못했고, 그는 영원히 늙지 않는 피터팬처럼 이상理想의 땅 네버랜드를 향한 비행의 시도를 멈추지 않았다. 이러한 그이기에 나를 비롯한 많은 주변인들은 그가 언제까지나 '밤의 시장'으로 우리를 이끌어 시민운동의 야사를 흔들림 없이 엮어 갈 걸로 기대했다. 그런데 그가 생사를 기약치 못할 중병에 걸려 대수술을 하고 혹독한 항암 치료를 받는 동안 눈에 띄게 생기를 잃어 가고 있었다.

그는 투병기의 전반부를 청도의 산골마을에 칩거하였다. 평생 사람들이 북적대는 가운데 살아온, 오지랖 넓은 그가 이 암울한 시기를 그리 적적한 환경에서 어떻게 견뎌내고 있을까 슬슬 걱정이 되기 시작할 무렵, '항암일기'란 제목의 연작시들이 그의 아내를 통해 메일로 전송돼 왔다. 그의 시들 속에서는 촌집 마당에 마실 온 별빛과 달빛만이 그의 동무였고 이따금 담장을 넘나드는 길고 양이만이 그의 말벗이었다.

그렇게 묵언 수행의 나날을 일 년여 보낸 끝에 그는 겨울 들판에 서서 '멀리서 울려오는 소리'를 듣게 된다. '산맥을 타고 올라오는 봄바람 소리', '산골짝 바위틈에서 흐르는 여울 소리', '태양을 이글거리게 하는 우주의 원음이 증폭하는 소리'……. '아름다움에 대하여, 혁명에 대하여, 진보에 대하여' 멀리서 들려오는 소리를 귀가 아닌 가슴으로 듣고 그는 다시 열망하기 시작한다. 그리고 새봄이 되자 그는 자신의 연작시들에 다른 이름을 붙여 보냈다.

통재通載. '시로 쓴 이야기 모음'쯤으로 풀이해도 될는지……. 아무튼 그는 이 통재 시리즈에서 종일 내리는 봄비 소리를 들으며 잃어버린 꿈속의 날개를 그리워하다가 잠들어 꿈길을 가던 중 여울을 만난다. 거기서 그는 실제로 그런 이름의 물고기는 존재하지 않지만 여울을 거슬러 오르는 참하고 예쁜 물고기들을 보고 그들에게 '여울고기'라는 이름을 붙인다. "거친 물살에 베이고 날카로운 돌비늘에 찢기면서 한사코 윗물을 찾아 오르는 작은 물고기 떼"……. 이들에게서 그는 남은 생을 바쳐야 할 삶의 지표, 자신의 참길을 본다.

시를 몰랐다면 그는 어떻게 되었을까? 그는 원래 젊은 시절 한때 문학 청년이었다. 시에 중독되었다가 세상이 시시해 보였고 기자가 되었다가 시민운동가로 거듭났다. 시퍼렇게 날선 진보와 실천 사상에 경도되어 쓴 그 시절의 시들은, 그가 의부義父로 모시던 시인의 표현에 의하면 다만 구호였다. 그래서 그는 오랜 세월 시를 접고 살았다. 이제 세상과 병에 시달려 지칠 대로 지친 그가 다시 시를 찾아 의지하기 시작했다. 꿈길이 새로 열리고 있다. 새로 난 길로 그와 함께 네버랜드로 가고자 하는 사람들이 있으리라 믿는다.

아프리카에 간 딸에게

눈이 오시네. 늘 그러하듯 동장군은 뒤끝 있는 양반이라, 어제부터 갑자기 급강하한 기온에 매화꽃처럼 하늘하늘한 눈송이들이 떨어지기 바쁘게 얼어붙고 있어. 한동안 지병으로 하도 잘 넘어져 사나운 개처럼 콧등 아물 날 없었을 때 너는 어미가 외출하면 "엄마, 길 조심해~" 하고 또박또박 주의를 주곤 했지. 그래서 어떨 때는 내가 자식이 된 듯한 착각이 들 때조차 있었단다. 웃기지?

눈 온 거리 풍경을 찍어 카톡으로 보내면서 네 반응을 점쳐 본다. 아니나 다를까, 지구 반대편에서 너는 기대했던 메시지를 보내오네. "눈길 조심해서 다녀요~" 이 메시지를 받고 나니 오늘은 절대 넘어질 일이 없을 것 같다. 너는 지금 34~36도를 오르내린다는 열대의 이방에서 '어휴, 적응 안 되네. 이 사우나!' 하면서도 새로운 세계를 배우느라 여념이 없겠구나.

지난달 하순, 너는 갑자기 탄자니아로 파견 발령을 받아 떠났지. 들어간 지 한 달을 조금 넘긴 네 새 직장이 세계 각지에서 보건의료 원조사업을 펼치고 있는 비정부기구NGO이긴 해도 그렇게 일찍 파견을 보내리라곤 정말 예상하지 못했어. 발령이 떨어지고 열흘 남짓한 시간에 정신없이 출국 수속을 밟고 짐을 꾸려 떠나느라 가족과 밥 한 끼 제대로 못 나눈 너를 자정발 비행기에 태워 보내고 돌아오니 그제야 너의 빈자리가 휑하니 느껴졌어. 붉게 염색했던 머리를 검게 되돌리고 손질하기 쉬운 쇼트커트 스타일로 바꾼 너는 마치 외인부대 입대라도 하는 양 '밀리터리 룩'이 제법 어울리기도 했는데 끝내는 눈물을 보이며 돌아섰지.

대학 시절 어학연수를 위해 일 년간 모스크바에 교환학생으로 갈 때도 너는 약간 울먹였지만, 학과 동기들과 다 같이 떠나는 것이기에 워낙에 팔쥐 엄마 체질인 나는 별로 감정의 동요가 없었던 것 같아.

그런데 이번엔 뭔가 달랐어. 어쨌거나 너는 나의 외동딸이고, 양가 조부모가 모두 이북에 가족을 두고 월남하신 분들이라 외롭고 고혈孤子한 집안의 귀한 자손이잖아. 6개월 예정으로 파견된 거라 그리 오래지 않아 돌아올 텐데 이상하게도 내 품을 완전히 떠난 듯한 느낌을 떨치기가 어려웠단다. 결혼을 해서 떠나면 어떨지 모르겠으나 이 경우와는 좀 다를 것 같아. 마치 내 자식에서 세상의 자식이 되어 품을 떠나간 느낌이었는데, 얼마 후 그 느낌은 네가 보내온 카톡 메시지를 읽고 더 분명해지더라.

탄자니아의 옛 수도 다르에스살람에 있는 한 국립병원에서 신생아 및 산모 보건의료 프로그램의 진행요원으로 일하게 된 네가 출근 닷새 만에 보내온 메시지는 이런 거였지.

매일매일 신생아들을 보는데 진짜 신기하고 예뻐. 여기 엄마들, 딱 보기에도 엄청 어리거든. 물론 초산 아닌 엄마들도 많고. 아직 어떻게 말로 표현은 못 하겠는데 생각을 좀 많이 하게 되네. 이 병원에서 태어나는 아기들 열 명 중 한 명이 한 달 안에 죽는대. 병실 한쪽에서 아기를 갓 낳은 엄마들 데리고 교육하고 있는데, 다른 쪽에는 태어나자마자 아기가 죽어 버린 엄마가 누워 있어. 아기들은 희망을 상징한다고 하잖아, 새 출발이고 새 생명이고……. 근데 그게 종이의 양면처럼 죽음이랑 가깝게 맞닿아 있는 걸 목격하면서 이런저런 생각이 안 들 수가 없더라고. 국립병원이고 시설도 안 좋은 우리 병원으로 오는 엄마들은 형편이 좋은 사람들이 못 되거든. 여기서 태어나는 아기들이 얼마나 풍요로운 삶을 살게 될지 아무도 장담하지 못하고 또 살기나 할는지도 모르는데, 그래도 포대기 안에서 꼬물거리고 할딱할딱 숨쉬고 있는 거 보면 너무나 신기하고 예뻐.

나는 이 메시지를 읽으며 가슴이 서늘해졌어. 내 자식이 다 커버렸구나! 내 품안에 더 둘 수가 없는 거구나! 하지만 나는 예의 '엄마 잔소리'로 응대했지. "너무 일희일비하지는 말아……. 그러면 롱런하기 힘들어."

너는 쿨하게 대꾸했지.

응, 뭐 감정적으로 어떻다기보다 지금은 내가 그냥 그렇게 관조만 하고 있고 또 본격적으로 일하기 시작하면 다른 생각들도 하겠지…….

그렇구나! 지금부터겠지, 너의 세상을 알아가는 것은……. 학교 동기들이 거의 기업이나 공사에 자리 잡는 동안 계약직을 전전하며 꿋꿋이 견디더니 돈이나 안정과는 거리가 먼 그 직장엘 들어간 것, 러시아어를 전공하고도 아프리카에 가 있는 것, 올빼미 체질인 네가 극성맞은 그곳 닭 울음소리에 아침 여섯 시면 기상해서 스와힐리어를 독학해야 하는 것, 앞으로 또 몇 개 국어를 더 익혀야 할지 모르겠다며 세례명을 카쨔, 캐서린, 카타리나 등등 여러 버전으로 바꿔서 현지인이 발음하기 힘들어하는 네 이름을 대신할 궁리를 하는 것……. 이런 모든 것이 너의 신세계를 만나기 위해서가 아니겠니.

나는 너를 품고 있던 가슴에 공동이 생긴 듯한 허전감을 느끼면서도 네게 고맙구나. 네가 너의 세계를 찾아 나간다는데, 세상과 네 방식대로 연대하며 다 함께 살아갈 미래를 도모하겠다는데, 내가 뿌듯해하지 않을 이유가 있겠니. 고맙다, 딸아. 넓게 나아가서 널리 이롭게 일하여라. 그리 살다 보면 넓이보다 깊이를 추구할 때가 또 오겠지. 그때까진 네 보폭이 꾸준히 넓어지길 바랄 뿐이다.

네가 나의 오지랖 넓은 염려에 답해 "여기 완전 술 팔아!" 하고 알려온 탄자니아에서 킬리만자로의 눈을 바라보며 함께 한잔 할 날도 올까⋯⋯. 오늘 서울의 눈길을 산책하며 너를 깊이 생각한다. 내 사랑하는, 세상의 딸아!

아픈 봄날,
릴케의 속삭임

4월이 되자 몸이 먼저 알아차렸다. 지난 일 년 끈질기게 시달려 온 참담한 기억의 원류 속에 다시 들어섰다는 것을. 멀쩡하던 곳이 갑자기 쑤시거나 저렸고 지병으로 원래 아프던 곳은 더 쑤시고 저렸다. 그러더니 곧 마음의 증상들이 뒤따랐다. 사는 동네 어디서고 갖가지 봄꽃이 흐드러지게 피어 소생의 환희를 과시하는데 그것이 그냥 어여쁜 게 아니라 서러운 감정을 수반했다. 시도 때도 없이 눈물이 났다. 또 그 나무들 위를 날아다니는 직박구리나 참새 따위 흔한 텃새들의 지저귐조차 그냥 단순한 새소리가 아니라 뭔가를 호소하는 듯 들려 공연히 신경이 쓰였다. 이쯤 되면 정신의학에서 외상 후 스트레스 증후군으로 분류할 수 있지 않을까도 싶다. 내가 이러니 그 증상이 발원한 사태의 직접 피해자들은 어느 정도일지 짐작조차 할 수 없다.

사실 인간은 자기보호 본능에 충실한 존재여서 부끄러움이나 뻔뻔함을 무릅쓰고라도 남이 겪는 고통의 파장을 비켜가고 싶어 하는 경우가 다반사다. 차라리 그렇게 본성대로 하는 편이 나을 텐데 뭘 도와준다고 제멋대로 아프고 과민해지고 하는지⋯⋯, 딱한 걸 넘어 짜증스럽기조차 하다. 버릴 수도, 버려서도 안 될 기억이지만 인제 그만 놓여나고 싶은 게 솔직한 심정이다.

　망각이란 게 하고 싶다고 되는 게 아니란 걸 모르지 않았지만 잊고 싶어도 잊을 수 없음의 멍에가 얼마나 무거운 것인지 새삼 알아 가는 요즈음이다. 어떤 상황이나 존재를 잊을 수 없다는 것은 그것을 정신적으로 떠날 수 없다는 얘기가 아니겠는가. 그것과의 심리적 분리가 이루어지지 않는다는 뜻도 될 것이다. 문득, 한동안 잊고 지낸 시 하나가 떠올랐다.

> 모든 이별을 앞지르라,
> 마치 그것이 방금 지나간 겨울처럼
> 이미 당신 뒤에 있기라도 한 듯이.
> 겨울 중에는 너무 끝없는 겨울도 있어
> 오직 겨울을 초월함으로써만
> 당신 가슴은 살아남을 수 있으리니.

　이것은 릴케의 시 〈오르페우스에게 부치는 소네트〉에 나오는 구절이다. 오래전 문학보다는 종교철학에 관심이 많았던 시절, 문학서가 아닌 어떤 신학서의 주해註解에서 그 시구를 만났다. 나는 그것의 신비로운 느낌이 좋아 뜻도 잘 모르면서 참 오랫동안 마음 갈피에 지녀 왔다.

내가 그 책을 번역한 인연으로 만나 보기도 했던 저자 스티븐 미첼은 우리 불교계의 큰 어른이셨던 고故 숭산 스님 문하에서 한때 선禪을 공부했던 영성문학가이다. 그런 그가 예수와 석가의 정신적 탈바꿈에 대해 논하는 과정에서 위의 시를 인용하면서 이런 말을 했다.

"우리가 도저히 떠나지 못할 상황에 부닥쳐 있다면 우리는 떠남 그 자체를 사랑의 행위로 만들 수 있을 것이다. 그렇게 함으로써 우리는 릴케가 말했듯이 '모든 이별을 앞지르게' 된다."

이어 그는 한 본보기로 고타마 싯다르타가 출가하던 밤 광경을 제시했다.

"고타마가 사랑하는 아내를 두고 삶과 죽음의 엄청난 의문을 풀기 위해 떠날 각오를 하고는 잠든 아내의 뺨에 마지막 입맞춤을 하는 그 순간은 얼마나 통절한가! 그러나 그가 떠나지 않았다면 그는 결코 깨달음을 얻지 못했을 것이며, 아내를 포함한 수많은 타자를 깨우치도록 도와줄 수 없었을 것이다."

엊그제 낡은 책에서 이 구절을 되찾아 읽으면서 나는 가슴을 쳤다. 그랬구나! 릴케의 권면을 새롭게 만나면서 나는 내 증상에 대해 시의적절한 진단을 내리게 되었다. 오랜 시간 가슴에 품어 온 그 시구의 지혜를 나는 참으로 어긋난 방식으로 적용하고 있었구나! 이별의 고통을 겪지 않기 위해 미리 이별을 능동적으로 감행하라고 말하는 그 엄청난 이야기…… 그것은 내 안에 지난 한 해 국가적 재난의 비극에 투사돼 작동해 온 실존적 병리가 있음을 환기시켰다. 나는 이별이 두려워 이미 이별을 겪은 양 나 자신을 기만하고 있었던 것이다.

죽음은 언제라도 나 자신 또는 소중한 이들에게 예측하지 못한 방식으로 덮칠 수 있다. 그리하여 우리에게 준비되지 않은 이별을 강제할 수 있다…… 사실 이 두려움은 내 심연에 이미 오래전부터 자리 잡고 있던 것이었는데, 지난 4월의 참극을 목격한 이후 그 피해자들이 나의 불운을 대신한 것처럼 느껴지면서 죄의식과 함께 '증상'들이 생겨났다. 이를 두고 내 마음속에서 릴케의 권면이 조근조근 이어졌다.

그 일은 당신 개인의 일이 아니랍니다. 당신을 포함한 모두의 일이랍니다. 모두의 일에는 사사로운 감정이 개입되어서는 안 되겠지요. 당신은 그 일에 자신을 과도하게 이입해 왔습니다. 그래 가지곤 당신 자신은 물론, 누구에게도 도움이 되지 않습니다. 당신의 상황에서 발짝을 떼어야 모두의 상황으로 나아갑니다. 지금 떠나십시오. 당신의 겨울을 떠나 모두의 겨울 속으로. 당신 앞에 펼쳐질 모두의 겨울은 언제 끝날지 모르는 겨울입니다. 하지만 당신이 당신만의 겨울에서 놓여난다면 모두의 그 겨울도 조금 짧아질지 모릅니다…….

어제는 세월호 참사 1주기가 되는 날이었고 이 자성적인 글이 세상에 나가는 날은 바로 오늘이다. 참사 1주기를 앞둔 날 안산을 다녀왔다. 그곳에서 모두의 겨울이 조금이라도 짧아지도록 하는 데에 내가 할 수 있는 일이 무엇인지 돌아보게 되었다. 이제 나의 겨울을 떠나련다. 이미 그것을 충분히 살아낸 것처럼. 봄비가 다녀가셨다. 청초한 꽃잎들이 보석 같은 빗방울을 아롱아롱 머금었다. 이미 자신들의 겨울을 살아낸 꽃들은 다만 아름답다. 더 이상 서럽지 않다.

시가 안 써져서 우세요?

오랜만에 마음에 여운이 길게 남는 영화를 보았다. 최근 칸영화제에서 각본상을 받은 이창동 감독의 〈시〉다. 배경음악이 하나도 안 나오는 이 영화는 강물 소리로 시작해서 강물 소리로 끝난다. 영화 속 주인공이 생애 처음으로 쓰고 사라진 시가 낭송되는 가운데 윤슬을 반짝이며 도도히 흘러가는 강물을 클로즈업시킨 마지막 장면은 죽음 앞에 섰을 때의 우리네 인생을 은유하는 듯하다.

그곳은 어떤가요 얼마나 적막하나요 (…중략…) / 시간은 흐르고 장미는 시들까요 (…중략…) / 이제 작별을 할 시간 (…중략…) / 내가 얼마나 간절히 사랑했는지 당신이 알아주기를 (…중략…) / 검은 강물을 건너기 전에 내 영혼의 마지막 숨을 다해 / 나는 꿈꾸기 시작합니다 (…후략…)

〈아네스의 노래〉라는 제목이 붙은 이 시 한 편을 쓰기까지 그녀가 겪은 파란곡절은 결코 녹록지 않다. 그녀는 자신이 생각했던 시처럼 아름답지도, 잘 이해되지도 않는 세상의 진실을 가슴으로 받아들이기 위해 '대속자代贖者'의 자세로 자기 삶을 던진다. 이혼한 딸의 아들인 손자를 데리고 파출부 일을 하며 살아가던 그녀는 이순耳順을 훌쩍 넘긴 나이에도 삶의 아름다움을 표현하고 싶어 시를 배우기 시작한다.

그러나 강물에 투신한 어느 소녀의 죽음에 다른 몇 명의 소년들과 함께 그 아이를 성폭행해 온 손자가 연루되어 있음을 알고 참을 수 없는 고통을 느낀다. 가해자 소년들 자신도 별로 양심의 가책을 느끼지 않고 그 부모들도 피해자의 유족과 합의란 명분 아래 금전적인 해결을 보기에 급급하다. 그런 와중에 우연히 시낭송회 뒤풀이에 참석하게 된 주인공이 도중에 빠져나가 음식점 마당 한 구석에서 처연하게 흐느낀다. 그것을 본 낭송회 멤버 하나가 묻는다. "왜 우세요. 시가 안 써져서 우세요?" 시의 본질의 하나인 순수한 양심이 도덕적으로 무감각해진 세상을 향해 반응하는 것을 상징적으로 보여주는 장면이다.

여기서 이창동 감독의 연출력이 빛을 발한다. 그의 연출은 주인공이 가해자나 피해자보다 더 통렬히 아파하며 번민하는 과정에 관객이 자연스럽게 동화되도록 한다. 그리하여 관객은 묘한 가책감과 공분公憤을 동시에 느끼게 된다. 그러한 감독의 기량은 그가 소설가 출신이라는 사실을 환기시킨다. 영화 속에 '뿌려진' 여러 혼종 요소들을 서사적 능력이 확실한 사람만이 보여줄 수 있는 고수의 솜씨로 장악하여 꿰어낸다.

그런데 그 결과물이 이번 영화에서는 소설적이기보다 시적이라는 특징이 있다. 그는 이 영화의 제작 동기를 "시가 죽어 가는 시대에 시를 쓴다는 것은 무엇을 의미하는가? 관객들에게 그런 질문을 해보고 싶었다"고 밝혔다.

이 질문에 답하려고 하기 전에 우선 인간에게 시가 왜 필요한지를 먼저 생각해 볼 필요가 있을 것 같다. 공자는 중국 고대의 시가집詩歌集인 《시경》의 본질을 '사무사思無邪'라고 정의했다. 《시경》의 시들은 인간의 사사로운 감정을 노래하지만 그것이 자기 자신에게만 머물지 않고 다른 이들과 감응하고 소통한다는 점에서 사악함이 없는 것이라고 말했다. 2세기쯤 후대인인 아리스토텔리스는 시(서사시)의 기능을 숭고한 인물이 불행에 빠져 가는 과정을 모방함으로써, 관객 가운데서 일어나는 연민과 공포의 정을 이용하여 감정적 정화淨化의 효과를 얻는 데 있다고 보았다.

전자는 시의 선한 본질을 얘기하고, 후자는 카타르시스라는 시의 기능적 측면을 얘기하고 있다. 이 두 철인의 생각을 하나로 꿰어 본다면 '시는 본질적으로 선한 것이어서 사람을 정화시킨다'고 정리할 수 있지 않을까?

이로써 그 영화가 던지는 질문에 내 나름대로 답해 보자면 이렇다. 우리는 시대가 어떻든 시를 쓰고 읽어야 한다. 세상에 악과 불행이 넘쳐날수록 더더욱 그럴 필요가 있다. 선한 것의 결정체인 시의 불꽃으로 우리 안의 악한 것을 태워 버리기 위해, 또한 시의 정제된 눈물로 우리 안의 응어리진 것을 녹여 버리기 위해.

　그런 의미에서 〈시〉는 영화이기에 앞서 한 편의 성공적인 시 작품이라고 말하고 싶다.

예술가는 무엇으로
위대한가

오래 별러 온 전시회에 다녀왔다. 당대 최고 부호들이 작품을 사기 위해 줄을 섰다는 '추상표현주의 거장' 마크 로스코의 국내 최초 대규모 전시회. 한때 미국 영문학자 제임스 브레슬리가 집필한 그의 평전을 번역해 볼 생각도 했다가 마땅한 출판사를 찾지 못해 아쉽게 접었던 나로서는 더없이 반가운 기회였다. 해외에서 그의 실물 작품 몇 점을 감상한 이후 머릿속에 로스코 '방'이란 게 생겨 버린 느낌을 갖고 있는 데다 그의 범상치 않은 생애가 소설가적 흥미를 끌었기 때문이다.

전시를 시작한 지 두 달이 넘었고 평일 낮 시간이라 비교적 한산하리라 생각했던 나의 예상과 달리 전시장은 꽤나 붐볐다. 아마 이날 관람객 대부분도 이전엔 로스코에 대해 별로 들어 보지 못했다가, "스티브 잡스가 사랑한 화가"니 "세계에서 가장 비싼 그림"이니 하는 선정적 홍보 문구들에 이끌려 걸음한 사람들이 아닐까 싶었다.

그만큼 로스코는 그가 평생 거주하며 활동했던 미국에서도 미술계 바깥 사람들에게는 잘 알려져 있지 않은 비대중적 작가이다. 사후는 물론 생존 당시에도 엄청난 대중적 인기를 누려 온 앤디 워홀과 비교해 보면 로스코가 얼마나 대중적 가치와 동떨어진 삶을 살았는지 알 수 있다. 그는 누군가로부터 워홀을 처음 소개받았을 때 한마디 인사도 없이 바로 돌아서서 가버렸다고 한다. 화가로 활동한 지 수년 만에 일약 스타 작가가 돼버린 워홀과 달리 로스코는 성공의 영역에 진입하는 데 25년 이상 걸렸고, 그 이후 누리게 된 부와 명성의 정점에서 그것들이 더는 의미 없는 세상으로 가버렸다.

이때 그는 별거 중이긴 했지만 부인과 두 아이가 있었고 따로 만나는 젊은 여자 친구도 있었다. 고혈압과 동맥류로 건강이 예전 같지 않았고 항우울제를 복용하고 있었지만, 그는 자기가 '면접심사'를 해서 그림을 팔고 싶은 사람한테만 팔 정도로 무릇 창작자라면 가져 보고 싶을, 최상의 권리 행사가 가능한 극소수의 예술가였다. 그런 그가 스스로 죽음을 택한 것이다.

동맥을 끊어 낭자한 피 속에 죽어 갈 자기 종말을 예시한 듯한 섬뜩함이 느껴지는 그의 마지막 작품 〈무제(레드)〉 앞으로 한 무리의 단체관람객들이 몰려오는 걸 보며 나는 서둘러 전시장을 빠져

나왔다. 그들을 안내하는 도슨트는 아마도 그 그림 앞에서 로스코가 얼마나 불우한 말년을 보냈는지 공들여 설명할 것 같았다. 예술가의 가치가 그 생이 불우할수록 후대에 와서 높게 평가되는 경향이 있다는 사실이 환기되어 순간 현기증이 일었다. 전시실 밖에 놓인 벤치에서 잠시 숨을 고르며 앉았노라니 불우하고 위대한 예술가의 또 다른 유형이 떠올랐다.

이중섭. 마크 로스코가 성공의 정점에서 생을 마감한 불우한 예술가라면, 실패의 정점에서 생을 마감한 이중섭은 어떻게 평가될 수 있을까? 그의 현실적 불우는 로스코의 것과 비교할 수 없을 정도로 깊고 참담했다.

미칠 듯이 사랑한 처자식과 생이별하고 부와 명성은커녕 소속처도, 사회적 보호도 없이 떠도는 동안 영양실조와 간염으로 망가진 육신으로 갓 마흔에 절명해 버린 그. 절친 K 시인이 임종 시에도 이름을 부르며 그리워했던 절대적 순수성 때문에 현실적인 제 몫을 하나도 챙기지 못했던 그. 피카소든 마티스든 만나서 실제로 '대보면' 알 거라며, 자신이 얼마나 많이 습작을 하고 자나깨나 작업을 쉬지 않는지를 천진하게 자랑했던 그. 화폭이라곤 무슨 종이 쪼가리든 빈 면만 있으면 다 그렸고, 물감이라곤 공업용 페인트도 마다하지 않았으며, 담뱃갑 속 은박지로도 자기만의 고유한 기법을 창안해 작품을 만들어내는 불굴의 작가정신을 보여줬던 그.

전시회에서 그림을 어렵게 팔고도 그것을 산 사람에게 미안해하며 다음에 더 좋은 그림을 그려 바꿔 주겠노라며 머리를 조아렸던 그. 얼마간 지인의 집에 머물며 지내는 동안 무위도식하는 죄를 그렇게나마 조금 갚으려 한다며 신새벽에 일어나 마당과 대문 밖을 빗자루로 쓸곤 했다던 그, 이중섭.

오만한 패기로 가득 찼던, 그러나 자신의 성공과 주어진 것들에 만족하지 못해 늘 결핍과 불안에 시달렸던 로스코. 그가 이중섭의 처지에 놓였더라도 그런 종말을 선택했을까? 한편, 이중섭이 로스코처럼 상대적으로 우호적인 환경에서 마음껏 자기 재능을 펼치고 현실적인 성공을 이룰 수 있었다면 그의 계산을 모르는 극단적 순수성이 유지될 수 있었을까?

둘 다 그 삶이 비극적으로 마무리되었지만 그들의 예술은 어떠한 인간적 비극도 훼손시킬 수 없는 지극한 미의 세계를 열어 보였다. 그러니 인간적 불우를 위대한 예술가의 필요충분조건이라 할 수는 없겠지만, 그의 예술이 특정한 형태를 갖도록 하는 개성적 동인이라고 말할 수는 있을 것 같다. 로스코는 자신이 속한 현실 세계 사람들이 그림을 통해 그 너머를 바라볼 수 있게 해주려 했고, 이중섭은 현실의 안팎을 넘나들면서 이쪽과 저쪽이 어우러지는 세계를 그려 보였다. 로스코는 말년에 로스코 경당 등에 보낸, 피안을 명상하는 그림들을 그렸고, 이중섭은 게·아이들·복숭아·

학·물고기·해·달 등이 한데 어울린 무릉도원을 즐겨 그렸다.

로스코와 이중섭은 그들 삶의 비극성 때문에 그 예술이 위대한 게 아니다. 오히려, 그들이 위대한 예술을 추구했기 때문에 삶에 비극성이 생겼다고 보는 것이 자연스럽다. 모든 '아닌' 것들을 극복하여 앞으로 나아가고자 하는 의지는 타협을 싫어하기 때문에 때로 자신이 감당치 못할 상황도 초래하지 않았겠는가.

미니픽션이 필요한 시대

문단에 몸담은 지가 십수 년 되다 보니, 여기저기서 보내오는 책이 많다. 지인들의 신간은 물론, 구독도 안 하는데 계속 오는 문예지들, 전혀 모르는 이들이 보내오는 책들, 거기다 아직도 타계 사실을 모르는지 선친 앞으로 보내오는 책들까지 보태져 한 달 평균 열 권이 넘는다. 책의 내용이 훌륭해서든 보내준 사람의 성의를 생각해서든 대략이나마 소화해야 할 책들과 더불어 내가 필요해서 구해 읽게 되는 책들까지 합하면 만만찮은 독서 분량이다.

그런데 근시에 덮친 노안과 집중력 부족으로 독서력은 나날이 쇠퇴하고 있다. 그러면서 돌아보게 되는 것이 내가 종사하는 소설이라는 문학 장르가 갖는 자체적 문제점이다.

소설은 길이에 따라 단·중·장편으로 구분되지만 단편이라도 200자 원고지 70~100매 이상인 만큼, 길어야 5매 안팎인 시나 대체로 10~20매 사이인 수필과는 분량 면에서 현격한 차이가 난다. 여기서 더 나아가 책 한 권 이상 분량의 장편, 십수 권에 이르기도 하는 대하소설까지 얘기하자면 독자에게 부과되는 독서의 총량은 엄청나다.

물론 길이로만 독서의 무게를 따질 수 없는 일이지만, 아무리 술술 읽히는 대중소설이라도 최소한 반나절은 잡아야 끝낼 수 있기에 소설은 일단 '시간 잡아먹는' 물건이라고 봐야 한다.

더 문제인 것은, 읽는 데 반나절 걸리는 쉬운 소설도 쓰는 데 최소한 수 개월 내지 일 년이 걸린다는 점이다. 이른바 난해한 '예술소설'을 쓰기로 정평이 난 한 작가는 3부작 장편을 하나 쓰는 데 17년이 걸렸다고 한다. 한 권 분량 쓰는 데 5년 이상 걸린 노작勞作이니, 쓰는 이에게나 읽는 이에게나 이런 작품은 그야말로 괴물급 '시간 포식자'다.

요즘 장편 집필에 착수한 나로서도 이따금 회의가 든다. 내가 천신만고 끝에 생산해낸 작품이 책으로 묶여 나갔을 때 과연 그것이 남들 인생의 한정된 소중한 시간을 '잡아먹어도' 좋을 만큼 가치 있는 무엇이 될 것인가? 그러리란 보장은 어디에도 없다. 어떤 열정에 사로잡혀 글을 쓰다가도 이따금 이런 회의가 스며들면 한동안 작업을 진척시킬 수가 없다. 그렇다고 해서 문학적 욕구 자체가 사라지는 것은 아니다. 태생적으로 시인의 자질을 타고나지 못한 내게 시는 대안이 되어 주지 못한다. 이럴 때 내가 수년 전부터 사귀어 온 친구 하나를 불러 마음 가는 대로 같이 좀 논다. '미니픽션'이란 이름을 가진 친구다.

미니픽션은 한 화면 또는 지면에서 간편히 읽을 수 있는 짧은 소설이다. 한두 줄로도 핵심을 찔러 묘미를 드러낼 수 있는 독특한 장르인데, 그 좋은 예 하나가 스페인 작가 후안호 아바네스의 〈결말〉이란 작품이다.

작가가 생애에서 가장 짧은 단편을 쓰고 있었을 때 죽음 역시 가장 짧은 작품을 쓰고 있었다: "이리 와."

지금은 세계적으로 널리 보급되어 있는 장르이나 초기에는 주로 라틴아메리카에서 성행하여 보르헤스와 같은 서반아어권 대가들이 명편을 많이 남겼다. 우리 문학 전통에서도 고려시대의 설說, 조선 후기의 소품문小品文 등 미니픽션적 사례가 드물지 않게 발견된다. 더 거슬러 올라간 고대에도 미니픽션의 대가들은 있었다. 《삼국유사》를 보면 원효와 당대 도반인 사복이 주고받는 말에서 초절정(?) 고수의 솜씨를 목격하게 된다. 원효가 "나지 말 것을, 죽는 것이 괴롭나니. 죽지 말 것을, 나는 것이 괴롭거늘" 하고 말했을 때 사복은 "말이 많구나" 하더니 이렇게 고쳐 받았다. "죽고

낡이 괴롭고녀!"

　그러나 역사상 최고의 미니픽션 작가는 단연 예수이다. 그분의 놀라운 비유들을 떠올려 보라!

　볼거리, 들을거리, 읽을거리 넘쳐나는 이 시대, 삶이 미니픽션처럼 좀 간결해졌으면 싶어 나 자신에게 주문한다. 덜 말해도 충분히 말한 것이 되게끔 표현의 공력을 쌓으라고.

요수樂水의 시간

북한강변에 작업실을 하나 얻어 드나든 지 일 년 남짓 되었다. 자동차로는 평일 출퇴근 시간만 피하면 50분 정도 걸리는 거린데 대중교통을 이용하다 보니 두 시간 가까이 잡고 다녀야 한다. 시내버스를 타고 용산역에 가서 전철에 올라 꼬박 한 시간을 실려 가다 보면 일쑤 졸다가 내릴 역을 지나치기도 한다. 그래도 남한강과 북한강이 갈라지는 양수리 못 미처 내려서는 버스를 타고 강변도로를 20분쯤 달리다 보면 도심에서 움츠러들고 뭉쳐 있던 마음이 시원하게 뚫리고 답답하던 시야도 활짝 트여서 기분이 여간 상쾌해지는 게 아니다.

그러면서 주변의 회의적 충고들을 떨치고 이렇게 멀찌감치에 글방을 마련한 나의 결단이 새삼 대견스러워지는 것이다. 강 가까이는 습도가 높고 겨울에는 춥고 여름에는 모기가 극성을 부린다는 따위 상식적인 지적들 외에도 물가에 너무 오래 머물면 기가 빠진다, 생각이 맺히지 않고 흘러 버린다는 등등의 출처불명 이론들이 내 의지를 흔들지 않은 것은 아니었다.

하지만 내가 끝내 이 강가 집—사실은 방—을 포기하지 않은 것은 강이란 것이 내 삶의 이 시점에서 다가온 어떤 회귀의 인연처럼 여겨졌기 때문이다.

어려서 나는 낙동강가에서 자라났다. "햇볕은 쨍쨍, 모래알은 반짝, 모래알로 떡 해놓고, 조약돌로 소반 지어……"라는 동요 가사가 일 년 대부분의 일상이었던 강변 마을의 아이였기에 강은 내게 고향의 의미와 다르지 않다. 우리 집은 특히 강 건너 마을로 나룻배가 다니는 선창가 근처에 있어 그곳에서 인근 우시장 사람들을 상대로 국밥과 막걸리를 팔던 두어 개 주막 풍경도 내 마음속 고향 사진첩에 포함돼 있다. 젓가락 장단에 맞춰 "당신과 나아 사이에 저 바다가 없었따아면~" 하고 새된 목청으로 술꾼들의 흥을 돋우던 주막 아낙들의 모습도 그 사진 속에 들어 있다.

우리 마을 아이들은 봄·가을로 학교에서 소풍을 가도 강 건너 밤숲으로 갔고, 여름에는 강에서 멱을 감거나 물장구를 치며 놀았고, 겨울에도 얼어붙은 강에서 종일 썰매를 지치거나 연날리기를 하거나 얼음낚시 하는 동네 아저씨들 곁을 맴돌며 놀았다. 이렇게 자고새면 강과 함께 생활했던 시절이 있었기에 강이 있는 풍경 속에 자리하고자 하는 욕구가 일종의 귀향 본능처럼 작용하는 것 같다.

　중년 이후에 부모님이 살다 가신 한강변 아파트로 이사 와 살고 있지만 고층 건물 숲에 둘러싸여 집에서 강이 내다보이지도 않을뿐더러 온통 콘크리트로 포장된 강 주위 길이나 둔치 공원이 내 마음 속 강 풍경이나 환경을 닮은 바가 거의 없다. 그렇다고 내가 태어나고 유년기를 보낸 그 읍을 찾아가도 이제 그곳의 강은 더 이상 '그 강'이 아닌 것으로 변한 지 오래다. 그럼에도 여전히 강을 원하는 마음을 버리지 못하고 있다가 한 지인의 소개로 이 글방을 얻고 나니 그 모호한 갈망이 조금은 해소되는 느낌이다.

　얼마 전 어느 날, 반나절을 꼼짝 않고 컴퓨터 앞에 앉았던 뒤라 어질어질한 심신을 추슬러 생수병을 꿰차고 강에 나갔다가 뜻하지 않게 삼십 리 가까이 걷다 돌아온 적이 있다. 남양주시에서 조성한 북한강변 자전거 길을 목표도 없이 무작정 걷다 보니 사위가 어두워지기 시작했다. 뙤약볕 아래 모자도 없이 하염없이 걷다가 나무 그늘이라도 나타나면 잠시 앉아서 바라보는 강물은 방에서 내다보는 강물과는 또 달랐다. 뭐랄까…… 그 무심한 강과 더불어 나도 함께 흘러가고 있다는 느낌이 무슨 '한 소식' 얻는 양 내 몸에 전율처럼 번지면서 갑자기 시야가 환해지기도 했다.

　그러다가 어둠이 시나브로 내리기 시작하자 더 이상 흐르지 않고 있는 자신이 느껴졌다. 마침 작업 중이던 번역이 유대 신비주의 전통인 카발라에 대한 책인데, 거기에 나오는 한 구절이 실감 나게 다가오는 순간이었다. "시간은 우리 삶을 혼란케 하는 무엇이다. 그것은 사실 숨겨진 질서가 있는데도 카오스의 환영을 만들어낸다. 우리의 오감은 시간의 환영을 꿰뚫고 그 너머를 보지 못하게 한다."

수 시간 햇빛 속에 있을 때는 의식하지 못하던 시간이 어둠이 내리자 갑자기 의식되기 시작하면서 나는 흐르기를 멈추었다. 강은 계속 흐르고 있을 테고 나도 계속 걷고 있었지만 시간(의식)의 방해로 더 이상 강과 함께 흐르지 못하는 것이었다! 나는 발걸음을 재촉하여 어둑한 강 둔치 과수밭을 가로질러 차들이 다니는 큰 길로 서둘러 올라왔다. 그날 강과의 교감 '데이트'는 그렇게 막이 내렸다. 너무 걸어 다리가 후들거릴 지경이라 버스를 기다려 타고 작업실로 돌아가면서 나는 다시 흐르기 시작한 시간 속에서 붙박이고 마는 존재의 비애를 느꼈다.

참 가여운 일이었다. 흐르고 흘러야만 내 존재의 본향을 찾아갈 수 있을 텐데……. 강물이 흘러 흘러 다시 빗물로 이슬로 눈으로 바람으로 제 원천으로 돌아가듯이 말이다. 어쨌거나 모처럼 얻어걸린 이 강가 글방에서 나는 틈나는 대로 강물 따라 흐르는 연습을 해보려 한다.

내가 용산행 전철을 타는 운길산역에는 주말에 등산객들로 몹시 붐빈다. 그들은 울긋불긋한 등산복을 차려입고 땀을 뻘뻘 흘리며 산을 올랐다가 내려와선 인근 맛집으로 몰려간다. 그리고 하산주 한 잔에 불콰해진 얼굴로 '사는 맛'을 떠들썩하게 주고받으며 전철을 기다리는데, 이들을 보며 나는 더불어 유쾌해지면서 현재에 붙박인 실존의 맛도 나쁘지 않다는 생각을 한다. 붙박인 삶의 소박한 즐거움을 기뻐할 줄 아는 이는 필시 덕 있고 선한 존재일 것이다.

그런데 현재에 붙잡히지 않고 강처럼 끊임없이 흐르는 기쁨을 추구하는 이라면 필시 지혜로운 존재일 것이다. 그래서 인자요산仁者樂山, 지자요수知者樂水라 했던가. 요산요수를 통해 붙박여서도 흐르는 삶을 터득한다면 어느 군자인들 부럽겠냐만, 아무래도 나는 요수 쪽에 마음이 더 쏠리는 것 같다.

은총이 가득한
지구 어머니시여

은총이 가득한 지구 어머니시여 기뻐하소서
창조주께서 함께 계시니 수많은 행성 중에 복되시며
당신 품안의 모든 생명 또한 복되시도다.

이것은 공학박사이며 정신과학 연구자인 K 선생이 애송한다는 기도문의 한 구절이다. 지구 어머니 '가이아'에게 바칠 용도로 가톨릭 기도문 〈성모경〉에 대입시켜 만든 것이다. K 선생은 우리 몸을 구성하고 있는 모든 물질적인 원소가 모두 지구의 것이므로 지구를 우리 존재의 진정한 어머니로 받아들이라고 권한다. 그는 또 우리가 지구 어머니에게 간절히 기도하면 머지않아 맞게 될지 모를 지구 대변화의 와중에서 반드시 가이아 여신의 보호를 받게 될 거라고 말한다.

새해 벽두부터 종말론 운운하는 게 별로 적절치 못하다는 느낌이지만, 지난해 초반부터 각종 매체나 세간의 입소문을 통해 심심찮게 회자되어 온 터라 시의성時宜性이 없지 않은 화제라는 생각에 개인적인 관심사를 좀 나눠 볼까 한다.

'2012년 지구 대재앙'이 그것이다. 기원전 천여 년 전에 만들어진 마야인의 달력이 2012년 12월 21일에 끝나는 것에 의거, 이때가 지구의 종말이라고 보는 극단적인 위기론이 지구촌 백성들의 귀와 마음을 어지럽히고 있다. 그런가 하면, 이때야말로 지구가 새로운 차원으로 상승하는 대전환의 국면을 맞이하는 시기라는 긍정적 해석도 있다. 온난화로 인한 양극 빙하의 완전 해빙과 함께 태양의 활성화, 지구 자기장의 역전, 지축 이동과 같은 대변화가 2012년경에 집중적으로 진행될 수 있다는 과학적 견해들도 속속 제기되고 있어, 종말론이든 희망론이든 단순히 흘려보낼 '유행성' 예언으로만 볼 수 없는 측면이 있다.

내가 살펴본 관련 자료 중에 퍽 흥미롭고 고무적인 정보가 하나 있었는데, 그것은 '슈만공명주파수'란 것이다. 슈만공명주파수란 1899년 독일인 슈만이 처음 발견한 것으로 지구를 감싸고 있는 전리층과 지표면 사이의 전위차가 번개로 방전될 때 나오는 저주파 파동을 가리킨다. 지구의 심장박동이라 할 수 있는 이 파동은 우리의 뇌파와 직결되어 있는 것으로, 우리의 뇌는 자신에게 오는 정보 신호에 대해 지구에서 나오는 기본 주파수에 따라 반응한다고 한다. 즉, 우리는 지구로부터 자신의 정보 코드를 받아들이고 있다는 것이다.

그런데 이 공명주파수가 지난 80여 년 동안 평균 7.83헤르츠Hz를 유지하던 것이 최근 들어 갑자기 11헤르츠를 넘어섰고, 다가올 2012년에는 더 급격히 상승할 거라는 주장이 나오고 있다. 이 수치의 변화가 의미하는 바, 인간 뇌파에 직접적인 영향을 주기에 인간의 무의식, 나아가 인간의 영성과도 연관이 있으리라 여겨지는 이 슈만공명주파수의 상승은 인류의 의식 확장에 중요한 역할을 할 것이란 얘기다. 이 주장대로 2012년이 인류 의식 진화의 원년이 된다면 그보다 멋진 일이 또 있겠는가!

그러나 만일 이 진화가 지구 물질계의 엄청난 파손을 동시 수반하면서 이루어질 일이라면 과연 우리는 그것을 축복으로 받아들일 수 있을까?

여기서 판단이 뒤엉켜 우왕좌왕하던 나는 문득 요한묵시록에서 '새 하늘과 새 땅'의 출현 직전에 예시되는 '마지막 일곱 재앙'이 떠오르면서 어떤 유사한 맥락의 감지와 함께 순간적으로 아뜩한 기분이 된다. 하지만 곧 자기보호 본능이 발휘되어 잠시 잊고 있던 신앙의 안전한 울타리로 총총걸음을 놓는다. 그렇지, 그분이 누구신가? 우리가 대책 없이 망하도록 놔두실 분이 아니잖은가. 어떻게든 구해 주시겠지, 노아의 방주를 다시 띄우든 어쩌든. 우리는 그저 믿고 따르고 기도할 뿐이다.

　앞서 소개한 K 선생의 기도문은 이렇게 마무리되는데, 깊이 공감하며 가만히 외어 본다.

　　어머니 가이아 여신이시여

　　제가 당신 품안에 살아 있는 동안

　　올바르고 보람 있는 진화를 이룩하도록 도와주소서.

솔개와 흰머리독수리

지난해 한 철을 미국 중서부 지역 소도시에서 지냈다. 예전에 머물렀던 동서부 해안의 대도시들과 달리 그곳은 도시적 문화의 달콤한 재미를 기대하긴 힘들었으나 드넓은 평원과 풍성한 수림이 제공하는 질박한 자연의 향연이 풍요로웠다. 초가을부터 초겨울에 걸쳐 머물렀기에 주택단지에 드나드는 다람쥐나 너구리 따위들이 월동 준비하는 흥미진진한 생태를 관찰할 기회도 있었고, 기러기들과 철새들이 광활한 평원 위 하늘을 까맣게 뒤덮으며 이동하는 스펙터클한 장관과 마주치기도 했다.

특히 근교 인디언 유적지에서 미국의 국조인 흰머리독수리 한 쌍이 잎 떨어진 나무 꼭대기에 높다랗게 앉았다가 그 크고 수려한 날개를 펼치고 비할 데 없는 스타일과 속도로 비행하는 것을 본 것은 현지인들도 부러워할 행운이었다.

그 인상이 강렬하게 뇌리에 남아 집으로 돌아온 후에 인터넷에서 이 특별한 새에 대한 자료를 찾아보다가 흥미로운 사실을 발견하였다. 지난 수년간 우리 사회에서 유행하던 자기계발 강연들에 솔개의 환골탈태적 생태가 단골로 회자되면서 그 자료로 솔개가 아닌 흰머리독수리의 동영상이 동원되었다는 것이다. 이 강연들이 써먹은 솔개 이야기는 조류학자들에 의하면 전혀 사실이 아니었다.

그 우화성 스토리의 골자는 최고 일흔 살의 수명을 누릴 수 있는 솔개지만 실제로 그렇게 장수하려면 마흔 살 즈음에 노화된 부리와 발톱과 깃털을 제 스스로 부수고 뽑아내고 제거하는 고통스런 갱생의 과정을 통해 새 부리와 발톱과 깃털을 돋게 하여 거듭나야 한다는 것. 수명이 25년 정도에 불과하고 한번 망가진 부리는 결코 재생될 수 없는 것이 솔개의 실제 생태임에도, 이 우화에 신빙성을 부여하기 위해 강연자들은 미국에서 사냥꾼의 총기에 위쪽 부리를 상실한 흰머리독수리가 인공부리 이식을 통해 온전한 형태의 부리를 되갖춘 모습을 찍은 동영상을 보여주었다고 한다.

솔개와 흰머리독수리의 생김새는 전문가가 아니라도 금방 구별할 수 있음에도 불구하고 솔개식 경영혁신, 솔개식 환골탈태, 솔개식 정신개혁을 촉구하는 식의 강연들은 상당 기간 청중과 매체의 각광을 받으며 이어졌다. 나는 그 솔개 우화의 오류에 대해 진작에 들은 바 있었지만 흰머리독수리와 연결시켜 본 적은 없었는데, 막상 미국 땅에서 그 대단한 새를 실제로 보고 나니 사람들이 왜 빤한 거짓말을 개의치 않고 그 스토리에 열광했는지 좀 알 것도 같았다.

솔개와 흰머리독수리는 둘 다 수리과 맹금류지만 주서식지가 각각 동북아 대륙과 북미 대륙으로 갈리는데, 그런 만큼 우리 정서에 친숙한 새는 당연히 솔개이다. 반면 흰머리독수리는 크기나 형태, 빛깔 등에서 왠지 거스를 수 없는 위엄과 포스가 느껴지는 이국의 왕자 같다. 미국에서 20세기 후반에 멸종위기종으로 분류되었다가 근년에 와서 개체수가 안정적으로 늘어나, 귀하신 몸이긴 해도 나 같은 이방인의 눈에도 더러 들어올 정도로 '접견' 가능한 새이다. 한편 솔개는 산업화 이전에는 우리 민간 생활에서 흔히 접하던 새였으나 이후 개체수가 확연히 줄었고 지금도 점점 줄고 있는 멸종위기종이어서 여간해서 만나 보기 어렵다. 원래부터 귀하진 않았으나 수가 줄어 귀해진 경우인 것이다. 세계 조류종의 보존 가치상 어느 새가 더 귀한지는 알 수 없으나 우리에게 더 소중한 새가 무엇인지는 두말할 필요가 없겠다.

그런데 그 소중한 토종 맹금이 전설 속 새인 양 눈에 띄지 않게 된 데다 그 생태조차도 다른 종의 이방 새가 이식받은 짝퉁 부리에 부여된 허구적 신화에 매몰되어 진면목이 흐려지고 말았다.

독수리의 강점은 그 비행 높이와 속도에 있다고 한다. 독수리들은 일단 공격의 대상을 정하면 여타 새들이 잘 오를 수 없는 드높은 고도(여건)에서 타의 추종을 불허하는 속도(실천력)로 날아내려 먹이를 낚아챈다. 흰머리독수리가 그러한 위엄과 용맹을 자랑하는 훌륭한 새라고는 하지만, 또 우리가 비록 솔개를 찾아보기 힘든 현실에 처해 있기도 하지만, 그렇다고 미국의 국조를 우리 이상으로 삼을 수는 없는 노릇 아닌가. 우리는 오랜 역사 속에서 솔개를 솔개 본연의 모습대로 좋아하면서 이상으로 품어 온 우리 나름의 필연성이 있지 않은가.

얼마간 나라 밖에 있다가 돌아오니 우리 사회 각 부문에서 미국적 가치관에 경도되어 우리의 좋은 본디 것들마저 무조건 도태되고 혁신되어야 할 무엇인 양 외치는 솔개 우화 주창자들이 왜 이리 많은가 싶다. 흰머리독수리보다 솔개는 덩치도 작고 덜 맹렬하고 수명도 짧다. 더욱이 환골탈태적 갱생은커녕 부리 이식 같은 특혜와도 거리가 멀다.

그러나 솔개는 오랜 세월에 걸쳐 우리 생태 환경에 꼭 맞는 진화를 해왔고 그 자체로서 이상적 가치를 구현한 존재이기에 다만 개체수를 어떻게 늘릴지가 문제라고 생각한다. 무언가가 우리 눈에 잘 안 뜨인다 해서 그 본성과 가치가 달라지는 건 아니다. 새봄, 새 시간엔 우리 삶 외진 곳 갈피갈피에 드물게나마 깃들여 있을 솔개들을 찾아 나서자. 그리고 서로서로 만나게 하자. 더 많은 아름다운 솔개들의 탄생을 위하여……

미션 임파서블의 천사

사람은 누구나 마음에 품는 생의 목표 한두 가지쯤은 있게 마련
이다. 그러나 그 목표가 아무리 자신에게 소중한 것이라 하더라도
살다 보면 잠시 샛길로 빠지거나 뭔가 다른 것에 한눈을 팔기도
한다. 이것이 보통 사람들의 경우이다. 매우 드물게 이 인간적으로
자연스러운 현상을 비켜가는 이들이 있는데, 그들은 자신이 애초
에 세운 단일 목표를 향해 한순간도 곁눈 팔지 않고 길을 완주하
고야 마는 '무소의 뿔' 같은 인생이다.

이 희귀한 사례에 해당하는 사람을 직접 만나, 함께 일하고 대화
하고 밥도 먹었다는 것이 지금도 내게는 잘 믿기지 않는 행운으로
다가온다. 대희년이었던 2000년, 나는 어떤 은총의 힘으로 한국천
주교중앙협의회의 위촉을 받아 2년여 새번역성서위원회의 우리
말 및 윤문위원으로 활동하게 되면서 그 행운을 누렸다.

임승필 신부님. 2003년 53세를 일기로 선종하신 '하느님의 통역사'. 그는 우리나라 최초의 성서학 박사로서 한국 가톨릭 최초의 신·구약 성서 완역의 업적을 달성한 후 곧바로 하느님 곁으로 돌아갔다. 나는 그가 현대의 가톨릭판 '살신공양殺身供養'의 사례라고 여긴다. 그에게 주변 사람들이 '하느님의 통역사'라는 별칭을 붙인데는 그럴 만한 이유가 있었다.

통역의 임무가 무엇인가? 한쪽에서 하는 알아들을 수 없는 말을 다른 쪽이 알아듣게 옮겨 주는 것이 아닌가. 한국천주교회의 신자들은 긴 세월 수천 년 전의 고대어로 기록된 하느님 말씀을 갖가지 오역과 해석의 오류가 뒤섞인 상태로 듣고 읽고 해왔다. 그만큼 성서 말씀을 원래의 텍스트가 뜻하는 대로 사람들에게 전하는 일은 지난하고도 필수 불가결한 작업이다. 따라서 그 임무는 아무나 맡을 수도 맡겨지지도 않는다. 오직 하느님, 말씀의 주체이신 그분께서 그 적격자를 찾아 임무를 맡기실 수 있는 거라고 나는 어렴풋이 생각해 왔다. 이 생각은 임승필 신부님을 만나면서 확신으로 변했고 나는 기뻤다. 이제 우리는 하느님 말씀을 그분이 뜻하신 것에 보다 가깝게 알아들을 수 있게 된 것이다!

내가 함께 일하면서 지켜본 임승필 신부님은 오로지 그 임무를 위해 태어나 오로지 그 임무에 자신의 전 존재를 불사르고 '원대복귀'한 하느님의 사역꾼이었다. 그의 임무가 얼마나 '미션 임파서블'한 것이었나는, 어느 후배 사제가 그를 추모하는 글에 쓴 연대기적 묘사를 보면 알 수 있다. "그분의 생애는 참으로 신기했습니다. 어머니 품에서 13년을…… 신학교 생활을 13년…… 외국에서 13년 동안 공부를 하셨습니다. 그다음에는 한국에 와서 보좌 (신부) 생활을 (1년) 하고 나서, 주교회의에서 13년 동안 성서 번역을 하셨습니다."

이렇게 '13년의 연속'이었던 임승필 신부님의 생애. 그 삶은 오로지 단일한 목적을 위해 태어나고 키워지고 연마되어 더 이상 명료할 수 없는 임무, 인간이 어떻게 그렇게까지 곁가지 없이 몰입할 수 있나 싶게 단순·지극한 경지의 몰입을 통해서만 가능할 '미션 임파서블'의 완수를 보았다. 소명받은 자의 기쁨이나 고통은 그만의 것이었겠으나, 우리는 그가 자기 소명을 온전히 받아 이루고 간 덕분에 하느님 말씀을 이전보다 더 정확히, 더 명료하게, 더 풍성하게 듣는 은총을 누리게 되었다. 그렇게 그는 우리 곁에서 조용하고 철저하게 소명을 다하고 간 엄정嚴淨한 하느님의 사역꾼이었지만, 인간적으로도 품격 넘치는 군자君子였다.

나는 2년여 그와 함께 성서위원회에서 일하는 동안 한 번도 남들과 불화하는 모습을 본 적이 없다. 성서 구절의 번역 표현을 다양한 차원에서 검토하는 중에 때로 나는 문학인의 관점을 내세워 성직자로서 수용하기에 좀 곤란할 수도 있을, 이른바 '세속적'인

버전을 제시하기도 했는데, 그는 결코 부정적인 대응을 하는 일이 없었다. 그런 의견들에도 완전히 마음을 열어놓고 끝까지 경청하여 진지하게 검토하는 자세를 보였다.

임승필 신부님은 타의 추종을 불허하는 외국어 실력자였다. 그리스어, 라틴어 외에도 여러 외국어에 능통한 그에게 외국어 능력이 영어에 한정되어 영어 성경만을 참고할 뿐인 내가 용감하게 나름대로의 단어 풀이를 해대도 가벼이 응대하지 않고 무게 있게 다뤄 주었다. 위원들 중 사회적 경륜이나 전문가적 견식이 제일 일천한 내게 그랬을진대 다른 분들에게 그가 어떻게 대했을지는 말해 무엇 하랴.

그는 언제나 진지하고 겸손하고, 또 지극히 선량했다. 이런 그의 품성은 함께 회식을 하거나 여행을 갔을 때도 드러났다. 언젠가 일차 번역된 신약 성서의 윤문 작업이 거의 최종 단계에 이르렀을 즈음, 위원회 멤버들이 강원도 바닷가 어느 콘도에서 합숙하며 삼박사일 워크숍을 한 적이 있었다. 때는 여름이었고, 더위 속에 집중적인 낮 작업이 끝나면 지친 멤버들은 저녁을 먹고 나서 심심풀이 삼아 '월남뽕'이란 화투 놀이를 즐겼다. 굉장히 단순한 게임이었는데, 일부러 그랬는지 어쨌는지 지금도 알 수 없는 것은 그가 삼 일 내내 가장 많이 잃고 그 벌로 야식을 사야 했다는 사실이다. 그렇게 내도록 잃으면서도 그는 한 번도 열 받지 않고 시종 빙그레 웃는 얼굴이었다.

이 얘기를 하자니 그와 함께했던 다른 일화도 여럿 떠올라 문득 그가 더 그립게 다가온다. 그럴 적에 그가 드러내던 '바보 천사' 같은 면모를 일일이 열거해 독자와 함께 추억하고 싶지만 지면상 그러지 못함이 아쉬울 정도다.

그가 떠나고 십수 년이 흘렀다. 지금도 새 번역 성경의 맨 뒷장에 시선이 갈 때면 그의 미소가 엊그제 일인 듯 선연히 떠오른다. 무릇 천사가 사람의 모습을 한다면 그런 미소를 짓지 않을까 싶은, 그런 진중하고도 셈 없어 보이는 미소가…….

5

나의 아버지
구상 시인

마음의 구멍을 물려받다

세모의 문턱에서 어느 일간지에 나온 사진 한 장을 보고 가슴이 철렁 내려앉았다. 세월호 참사로 희생된 안산 단원고 학생 250명을 '2014 올해의 인물'로 선정하면서 실은 사진이다. 사고 당시 학생들이 기울어진 선실에서 웅크린 채 구조를 기다리는 장면을 구조된 한 학생이 선실 창을 통해 휴대전화로 찍은 동영상의 하나인데, 다들 구명조끼를 입은 채 곧 쓰러질 듯 위태로워 뵈는 어떤 실내 구조물에 기대어 앉거나 누워 있다. 금 간 유리창이 생사의 기로에 선 이들의 위기 상황을 말해주는 듯하다.

그럼에도 아이들은 휴대폰으로 이런 메시지들을 남겼다. "언니가 말야. 기념품 못 사올 것 같아…… 미안해." "누나, 그동안 못 해줘서 미안해." "엄마 내가 말 못 할까 봐 보내 놓는다. 사랑한다."

나는 그 사진과 메시지들을 접하는 순간, 그간 망각의 거즈로 애써 덮어 두고자 했던 가슴속 시커먼 멍울이 날카로운 메스로 터뜨려진 듯 소스라치는 통증을 느꼈다. 통증은 결국 통곡으로 이어졌고, 그날의 조간을 한밤중에 읽었기에 누가 들을까 머리를 부여잡고 소리 죽여 오래오래 울었다. 오 하느님, 어찌하여 이런 일을 허락하셨나이까!

조부모 때부터 믿음의 뿌리가 깊은 구교 집안에서 성장한 나는 올해처럼 나의 신앙에 대해 진지한 회의를 해본 적이 별로 없다. 외국에서 대학을 졸업하고 귀국한 이듬해던가, 경북 의령에서 일어난 경찰관의 무차별 총기난사 보도를 접하고 충격에 빠진 적은 있었다. 그 얼마 전까지 살던 미국에서 묻지마 킬링이 종종 일어나 사회적 물의를 일으켰지만 우리나라와는 무관한 현상이라 여겼던 순진한 의식에 경종을 울린 사건이었다.

하지만 이건 특정 사이코패스나 소시오패스에 의한 비극이 아니었다. 우리가 조국이라 부르는 한 국가의 온갖 단위에서 '일사불란하게' 저질러진 실패로 말미암아 생겨난 참극이었다.

그거 보세요! 이게 뭡니까? 왜 이렇게 나두시는 겁니까? 나는 깊은 원망심에 사로잡혔다. 요나, 하느님께 반항을 일삼았던 그 유대 선지자를 아주 잘 이해할 수 있을 것 같았다. 메신저의 소명을 받고 태어난 인간치고 요나처럼 대놓고 반항하고 뺀들거린 자는 유대 역사에 없었다.

나도 요나처럼 마음속으로 거칠게 대들었다. 그 무고한 생때같은 생명들을 수백 명씩이나 차디찬 물속에 수장시킬 악의 세력은 진작에 쳐 없애셨어야 했습니다. 당신께 무슨 영광이 되겠다고 그 무능하고 탐욕스럽고 위험천만한 무리들에게 관용을 베푸셔서 사태를 이 지경으로 만드십니까. 보십시오! 그자들은 니네베 사람들처럼 회개하는 척조차 하지 않습니다. 그자들은 앞으로도 계속 자신들의 악업을 이어갈 뿐, 이대로는 결코 당신을 섬기지도 두려워하지도 않을 것입니다. 이제 어쩌시겠습니까!

자신도 '그자들'의 하나일 수 있다는 참담한 사실을 인정하고 싶지 않은 나는 하느님을 다만 하나의 인격적 존재로 격하시켜 마구 탓하고 불신하고 비웃었다. 내가 그 참사의 희생자들을 위해 아무것도 하지 못했고, 앞으로도 할 수 있는 게 별로 없을 거라는 현실을 의식하면 할수록 하느님께 그 과실과 무능과 방임의 책임을 전가했다.

하지만 하느님은 이전의 내 선량한 기도들에나 마찬가지로 그 가시 돋친 원망들에도 아무런 대꾸를 하지 않으셨다. 그러기를 수개월여, 제 마음의 황폐에 지쳐 무슨 일에도 무덤덤해지고 있던 어느 날 〈인터스텔라〉라는 영화가 무슨 계시처럼 홀연히 다가왔다.

공상과학물인 그 영화에는 5차원, 블랙홀, 화이트홀, 웜홀과 같은 이해하기 쉽지 않은 물리학적 개념들이 등장한다. 그중에서 나는 그 영화가 공들여 보여주려 한 웜홀 통과 과정에 상당히 매료

되었는데, 천문학적 수치의 헤아릴 수 없는 시간을 가야 도달할 수 있는 어떤 시공간에라도 웜홀을 통하면 순식간에 도달할 수 있다는 얘기를 하고 있었다.

그런데 이상한 건, 영화의 그 대목에 이르러 왠지 익숙한 울림이 느껴지면서 기시감 같은 게 든다는 것이었다. 영화관을 나와서도 계속 떠오를 듯 말 듯 머릿속을 맴도는 무언가가 있었는데, 집에 돌아와 어떤 감에 이끌려 선친의 시집들을 뒤적여 보던 나는 '유레카!' 하고 무릎을 쳤다. 〈마음의 구멍〉이라는 시……. 아버지 구상 시인은 그 작품에서 영화 〈인터스텔라〉가 매우 복잡한 과정을 통해 보여주려 했던 것을 단 몇 구절로 꿰고 계셨다.

내 마음 저 깊이 어디
한 구멍이 뚫려 있어

저 허공과
아니 저 무한과
저 영원과 맞닿아서

공이라고밖에는
표현할 수가 없는
그곳으로부터

신기한 바람이 불어온다.
신비한 울림이 울려온다.
신령한 말씀이 들려온다.

- 구상, <마음의 구멍> 중에서

그제야 나는 아버지가 평생 지니고 사셨던 신앙의 실체가 오롯이 느껴지며 그분의 하느님 만나기가 어떤 것이었는지 선종 10주년에 이른 지금에사 비로소 자식인 내게 전달되고 있음에 감격하여 눈시울이 뜨거워졌다. 진실로 마음 깊숙이 구멍이 뚫려 보지 않고서는 하느님이 계시는 '그곳'과 통하지 못하는 것이다!

세월호 참사는 내 안에 그 영적 웜홀을 뚫어 줄 송곳이 아니겠는가. 그 엄청난 비극성에도 불구하고 바로 거기서 크나큰 은총을 입고 있다는 것을 이쯤에서 깨닫지 못한다면 나는 구제불능의 바보인 것이다. 불과 며칠 전까지도 자신이 물려받은 줄조차 모르고 있던 이 훌륭한 신앙의 유산을 나는 앞으로 어떻게 보전해 나가야 할지! 당황스러우면서도 해저 보물 탐사를 나선 듯 자못 설레는 마음이다. '오래된 미래'와도 같은 신앙의 세계로 깊고 아름다운 시어를 통해 이끌어 주신 아버지께 감사드린다.

나의 아버지 구상 시인 1

- 문학과 삶의 일치를 추구했던 구도求道의 시인 -

1998년 어느 여름 저녁, 나의 아버지 구상 시인은 외출했다가 길에서 후진하던 차량에 받혀 다리 골절상을 입고 근처 병원에 입원한 그 길로 위독한 상태에 들었다. 합병증으로 평소 지병인 천식이 도져 생사를 기약할 수 없는 상황이 되자, 본인은 체념했는지 집 가까이 있는 병원으로 옮겨 주길 간청했다. 입에 호흡기가 채워져 있어 말을 할 수 없던 그는 떨리는 손에 연필을 쥐어 주면 종이에 간신히 알아볼 수 있는 글씨를 써서 의사소통을 했는데, 여의도 성모병원으로 이송되는 동안 상태가 더 위급해져 중환자실로 옮겨지는 중에 그는 다시 필담을 요구했다. 급한 대로 작은 메

---

* '나의 아버지 구상 시인' 1·2·3은 〈가톨릭신문〉의 2016년 기획특집 '한국가톨릭 문화의 거장들' 지면에 연재했던 것이다.

모지를 꺼내 볼펜을 쥐어 주니 거기에 그는 이렇게 적었다. "세상에는 시가 필요해요." 그리고 그는 할 말을 다 마쳤다는 표정으로 주위 사람들을 죽 한 번 둘러본 후 다시 혼수 상태에 빠져들었다.

이후 그는 기사회생하여 여섯 해를 더 살다 갔지만, 그날 그가 병원 복도에서 남긴 메시지는 실제 임종 시엔 별다른 말을 남기지 않은 터라 가족과 측근들에겐 그의 유언으로 각인되었다.

세상에는 시가 필요해요……. 그는 어째서 그러한 유언을 남겼을까? 자식인 나로서도 늘 그것이 미스터리였는데, 요즈음 아버지가 곧잘 쓰시던 표현대로 온통 '연탄빛' 탁류가 되어 흐르는 세상의 강이 안타까워 새삼 시의 본질과 기능에 대해 생각해 보게 된다.

유미주의자도 참여주의자도 아니었던 시인 구상은 이 불완전한 세계에서 무엇을 보았기에 그토록 시의 역할을 기대했을까? 이를 나름대로 이해하기 위해서 그가 만년에 도달했던 세계관을 드러내는 시 한 편을 참고하며, 그 세계관을 이루게 되기까지 그가 살아온 삶에서 전환의 기틀이 된 요소들을 살펴볼까 한다.

한 방울의 물이 모여서
강이 되니 강은 크나한
한 방울의 물이다.

그래서 한 방울의 물이 흐려지면
그만큼 강은 흐려지고
한 방울의 물이 맑아지면
그만큼 강이 맑아진다.

우리의 인간세상
한 사람의 죄도
한 사람의 사랑도
저와 같다.

— <그리스도 폴의 강 · 60> 전문

한학자 집안과 수도원 학교의 유년을 지나 방황하는 청년기로

구상은 1919년 서울 이화동에서 출생하였으나 네 살 때 북한 함
경도 지구 선교를 맡게 된 베네딕도 수도원의 교육사업을 위촉받
은 아버지가 솔가해 옮겨간 원산시 근교 덕원德源에서 자라났다.
그는 어렸을 때부터 산보다 강을 좋아하였는데, 동네 언덕에 올
라 마식령산맥으로부터 발원하여 송도원 바다로 유유히 흘러가
는 적전강赤田江을 바라보면 마음이 후련해지고 해방감을 맛보았
다고 술회하곤 했다.

덕원 베네딕도 수도원 학교의 엄격한 독일식 교육 방식에 더
하여 대대로 벼슬을 지낸 사대부 가문 출신의 아버지가 요구하는

유가儒家적 규범들은 유일한 형제인 형과도 일곱 살이나 차이 나는 막둥이에게 꽤나 버겁게 여겨졌을 듯하다. 다만 백두진사 집안의 고명딸인 어머니가 글과 붓에 능해서 한문의 기초 과정은 물론 고시조와 이조의 평민소설, 신소설에 더하여 《삼국지연의》 등의 중국 소설까지 일찌감치 섭렵할 수 있었던 '문학 조기교육'의 혜택이 있어 그의 예술가적 기질에 숨통을 틔워 주었을 것이다.

그 후 중학교 진학을 위해 서울로 유학, 동성상업학교(현 동성 중·고등학교) 신학과에 적을 두게 된 그는 종교와 문학 사이에서 많은 갈등을 겪으며 버티다가 3년 만에 중퇴를 하게 된다.

하지만 성장 환경 때문인지 그는 늘 "문학은 인생의 부차적인 것이요, 제일의적第一義的인 것은 종교, 즉 구도求道"라는 생각이 머리에서 떠나지 않았고 대학에 가서도 결국 전공을 문예과가 아닌 종교과로 정하고 만다. 어쩌면 그것이 평생 그를 지배해 온 상념이었던 듯, 어느 때부턴가 문학, 특히 시야말로 대장부가 후회 없이 일생을 바쳐야 할 가장 존귀한 소업인 줄 알게 된 이후로도 그는 가슴 한구석에 다음과 같은 자기 불만을 품고 살았다.

> 너 아둔한 친구 요한아, 가령 네가 설날 아침의 황금 햇발 같은 눈부신 시를 써서 온 세상에 빛난다 해도 너의 안에 온전한 기쁨이 없다는 것을 아직도 모르느냐?
>
> - 시 <요한에게> 첫 구절

신학교 중퇴를 기점으로 사제 지망의 뜻을 접은 그는 한동안 고향으로 돌아가 방황하다가 당시 나라 잃은 젊은 열기가 흔히 그랬듯이 일종의 실존적 유랑의 길을 가기 위해 일본으로 밀항을 한다. 부두나 공장에서 막노동을 하다가 결국 일본대학 종교과에 입학한 그는 생애 처음으로 종교를 학문으로 접근해 바라볼 기회를 맞는다. 더구나 그 대학에서 가르치는 종교학이란 것은 주로 불교학이었고, 그에 곁들여 수강한 소수의 기독교 강좌는 당시 가톨릭계에서 들으면 질겁할 진보 학설들을 개진하고 있었기에 그에게 외려 "젊음의 활기를 맛보지 못하고 이승에서 저승을 사는 느낌을 주곤" 하였다. 이렇게 그의 대학생 생활은 청춘의 낭만과는 거리가 먼, 고뇌와 고독 속에서 쓸쓸하게 소모되었다.

　　훗날 그는 자전적 연작시 〈모과 옹두리에도 사연이〉에서 그때의 암담한 상황을 이렇게 회고한다.

> 하숙집 다다미에 누워
> 나는 신의 장례식을
> 날마다 지냈으며
> 깃쇼지吉祥寺 연못가에 앉아
> 짜라투스트라가 초인超人의 성城에 오르는
> 그 황홀을 꿈꿨다.
>
> ― 〈모과 옹두리에도 사연이 · 7〉 중에서

나의 아버지 구상 시인 2

- 격랑의 세월 속에 문학을 통해 신앙의 구현을 모색한 중년기 -

해방 이후 구상을 기다리고 있는 삶은 모든 기득권을 잃고 맨손으로 출발해야 하는 개척자의 삶이었다. 일제강점기 때 구금되기도 했던 '불령선인不逞鮮人'의 이력이 있어 공산당이 이용하려고 주목하고 있던 그는 원산 지역 문인들과 낸 동인지 《응향凝香》에 발표한 시 〈여명도黎明圖〉가 문제가 되어 일곱 가지 반동 죄목이 붙여진 필화를 입고 신변이 위급하게 된다.

이에 그는 목숨을 건 탈출을 시도하여 1947년 초 월남을 한다. 이때 그는 고향의 큰집 같았던 수도원과도, 선친 타계 후 홀로 남으신 어머니와도, 머지않아 공산당에 납치되어 순교의 길을 가게 될 형 구대준 신부와도, 신혼의 아내와도 별리되어 "꿀꿀이죽처럼 질퍽하고 역한" 서울 땅에서 "관 속에서 깨어나는 나자로의 부활을 그리는" 처지가 되었다. 다행히 김동리·조연현 등의 남쪽 문인

들이 응향 사건을 항론하며 거들어 당시 민족진영의 유일한 문학
지인 《백민白民》에 시 〈발길에 채운 돌멩이와 어리석은 사나이와〉
를 발표함으로써 서울 문단에 입성하였다.

이후 얼마 안 되어 6·25가 터졌고, 구상은 종군기자가 되어 국
방부 기관지인 〈승리일보〉를 주재하게 된 것을 계기로 전후 남한
에서 연합통신·대구매일·영남일보 등 언론사 요직을 두루 거치면
서 저널리스트 문사로서 현실참여적 삶을 십 년 가까이 살게 된다.

하지만 그는 이승만 정권 하에서 여러 형태의 정치적 수난을
겪게 되는데, 1952년 영남일보 주필직에 있으면서 낸 사회평론집
《민주고발》의 판매금지령, 천주교 대구교구의 요청으로 상임고문
을 맡았던 대구매일 피습사건, 재일교포 지인에게 실험용 미제 진
공관을 구입해 보낸 일로 용공 이적 행위의 모함이 씌워진 레이더
사건 등이 그것이다.

레이더 사건으로 애초에 15년 구형을 받고 저 유명한 "사형이
아니면 무죄를 달라"는 법정 최후진술을 한 후 옥살이를 하는 동
안 그는 프랑스 실존주의 작가나 문예사상가들의 작품이나 이론
을 의식적으로 읽고 공부하였는데, 이때 홀연히 깨쳐 얻은 것이
"인간 실존에 내재된 것은 불안이 아니라 수치"라는 명제였다. 나
중에 무죄 선고가 내려져 6개월 만에 출옥하여 집필한 희곡 〈수치〉
가 3공화국 초기에 드라마센터 공연 개막 직전 공연보류 조치를
당하는 등 그의 필화는 이어진다.

대구 시절 그 언저리는 이렇게 구상에게 있어 시인으로서는 별로 생산적이지 못한 시기였으나 격동의 세월 속에 한국이 배출한 정치·문화·군계의 걸출한 인물들과 교유하고 후대에 이르러서도 거듭 회자되는 인연을 맺게 된 것은 결국 그의 문학적 삶에 필요불가결한 영향을 미친다. 오상순·조지훈·마해송·최정희·전숙희·최태응·김익진·이중섭 등 피란 예술인들은 물론 박정희·이용문 등 군軍의 인물들과도 돈독한 관계를 맺어 '군통'으로 불릴 만큼 전후 대구 사회에서 군부와 문화계의 가교적 역할을 부단히 수행하였다.

그러는 동안 내과 의사인 부인 서영옥이 베네딕도 수도원이 월남하여 새로이 정착한 칠곡군 왜관읍에 순심의원이란 병원을 차려 그는 새 보금자리를 갖게 된다. 지금 구상문학관이 서 있는 곳이다. 이로써 그에게는 가톨릭 신앙의 본가와 같은 베네딕도 수도원과의 유대가 다시 이어졌고, 병원과 살림집이 위치한 낙동강변의 환경은 70년대 이후 30년 가까이 천착하게 될 필생의 시 작업인 '강' 연작시를 구상하게 하는 직접적 동기가 되었다.

사회적 인간으로서 질풍노도의 시기를 겪는 동안 그는 인간세사의 부조리함과 덧없음을 사무치게 느끼면서 다시 형이상학과 신앙의 세계로 내면의 초점을 맞추게 되는데, 목숨이 경각에 달릴 정도로 심각했던 폐결핵이 두 차례에 걸친 폐수술을 통해 치유되고 난 70년대에 들어 그의 시 세계는 이 내면적 변화와 본격적으로

조응하기 시작한다. 이즈음 그에게 큰 공명을 일으킨 19세기 영국 시가 한 편 있는데, 프랜시스 톰슨의 〈하늘의 사냥개〉다.

나는 그로부터 도망쳤다.

밤이나 낮이나 몇 해를 두고 그로부터 도망쳤다.

마음의 얽히고설킨 미로에서 그를 피하였다. (…후략…)

신의 목소리가 항상 귓전에서, 그야말로 하늘의 사냥개처럼 컹컹 짖어댄다고 느꼈던 구상은 때로 자신이 특별히 저주받은 영혼이 아닐까 하는 지독한 절망에 빠지기도 했으며, 결국 자신의 인생과 문학이 비의秘義에나 접하지 않고선 아무런 해결도 못 얻으리란 불안과 두려움에 시달렸다. 그는 이때부터 키에르케고르, 마르틴 하이데거, 가브리엘 마르셀 등 실존주의 철학자들의 사상을 탐구하며 자신의 세계관과 시론을 구축하기 시작한다. 특히 유신론적 실존주의 사상가인 가브리엘 마르셀에게서 지대한 영향을 받게 되는데, 그 20세기 현철이 주창한 '현존에서부터 영원을 살기'를 자신의 문학과 인생의 대명제로 삼고 존재의 신비에 대해 깊이 사유한 결과, 구상 대표 시 중 하나인 〈말씀의 실상〉이 탄생한다.

영혼의 눈에 끼었던

무명無明의 백태가 벗겨지며

나를 에워싼 만유일체가
말씀임을 깨닫습니다.

노상 무심히 보아오던
손가락이 열 개인 것도
이적異蹟에나 접하듯
새삼 놀라웁고
창밖 울타리 한구석
새로 피는 개나리꽃도
부활의 시범을 보듯
사뭇 황홀합니다.

창창한 우주, 허막虛漠의 바다에
모래알보다도 작은 내가
말씀의 신령한 그 은혜로
이렇게 오물거리고 있음을
상상도 아니요, 상징도 아닌
실상實相으로 깨닫습니다.

— <말씀의 실상> 전문

나의 아버지 구상 시인 3

- 수염을 기르고 재속在俗 수행의 길에 오르다 -

구상은 70년대 초 하와이대학에 객원교수로 초빙을 받아 3년간 한국 전승문화 강의를 하고 돌아온다. 이후 그는 노년의 트레이드마크가 된 수염을 기르고 세속적 권세의 접근을 사절함은 물론, 대의명분을 내건 현실참여에의 부름과도 일정한 거리를 두면서 별 쓸모 없는 '뒷방 영감'을 자처했다.

그러면서 존재의 내면에 더욱 눈을 돌리고자 생성과 소멸이 잘 드러나지 않는 강 연작시를 시작한다. 성 크리스토퍼(그리스어로 크리스토포루스)에 대한 설화에 영감을 받은 그는 그 연작시를 일본식 발음대로 '그리스도 폴의 강'이라 이름 붙이고 새 보금자리가 된 여의도 아파트에서 조석으로 마주하는 한강을 회심의 일터로 삼는다.

그리스도 폴!

이런 내가 당신을 따라

강에 나아갑니다.

당신의 그 단순하고 소박한

수행을 흉내라도 내 가노라면

당신이 그 어느 날 지친 끝에

고대하던 사랑의 화신을 만나듯

나의 시도 구원의 빛을 보리라는

그런 바람과 믿음 속에서

당신을 따라 강에 나아갑니다.

— <그리스도 폴의 강 · 프롤로그> 중에서

그런 한편, 인생 회귀의 연령에 다가갈수록 더욱 놀랍고 두려운 마음을 갖게 되는 자신의 신심을 가다듬고자 그는 복음 묵상집《나자렛 예수》를 집필하고, 신앙시 55편을 엮은《말씀의 실상》을 펴내기에 이른다.

내가 자식으로서 기억하는 구상 시인은 하루도 취침 전 기도를 빼먹지 않고 수십 명에 이르는 사람들을 위해 일일이 거명하며 바치는 기도문들과 완덕을 추구하는 동서고금의 잠언들을 빼곡히 적은 기도첩을 만들어 곁에 두고 사는, 흔치 않은 '모범' 그리스도인이었다. 하지만 동시에 그는 끊임없이 원융회통圓融會通과

무위無爲의 섭리를 사유하며 세계 종교사상의 다양한 관점에서 사물을 바라보고 우주에 대한 이해를 추구한 다원주의적 의식을 지닌 구도자이기도 했다. 그래서 일백 편을 쓰길 원했지만 병석에 누움으로써 예순다섯 편에 그치고 만 〈강〉 연작시 마지막 편을 그는 이렇게 매듭짓는다.

강이 흐른다…

또 어느 날 있을 증화蒸化야 아랑곳없이
무아無我의 갈원渴願에 체읍涕泣하면서
염화拈華의 미소를 지으면서
강이 흐른다…

강! 너 허무虛無의 실유實有여.

　　　　　　　　　　　　　　　　　— 〈그리스도 폴의 강·65〉 중에서

　구상의 그러한 불이不二 사상은 오늘과 영원이 따로 있지 않고 함께한다는 '현존現存' 의식과 맥이 닿아 있어 그의 필생의 주제인 '영원과 오늘'이 시적 형상화의 구도를 갖추기 시작한다. 90년대 중반에는 연작 시선집《오늘 속의 영원, 영원 속의 오늘》이 출간되고 이것이 프랑스에서 번역, 출판되어 세계 명시선의 하나로 선정

된 것을 계기로 그의 작품은 프랑스어 외에도 스웨덴어, 영어, 독일어, 러시아어, 이탈리아어 등 여러 언어로 번역되어 세계 문단의 주목을 받기 시작하여 노벨상 본심 후보로까지 오르기도 한다.

이 '오늘' 시리즈에서 그는 관념적 어휘를 지양하고 쉽고 단순한 언어를 사용하여 이전과 달리 대중 독자와의 소통이 열리게 된다.

오늘도 신비의 샘인 하루를 맞는다.
이 하루는 저 강물의 한 방울이
어느 산골짝 옹달샘에 이어져 있고
아득한 푸른 바다에 이어져 있듯
과거와 미래와 현재가 하나다.

이렇듯 나의 오늘은 영원 속에 이어져
바로 시방 나는 그 영원을 살고 있다.

— <오늘> 중에서

나는 장르는 다르지만 문학을 하는 사람으로서 아버지 구상 시인에 대해 늘 의아해하면서도 경이롭게 여겼던 사실이 하나 있다. 그것은 그가 언어의 기교에 치우쳐 말의 영혼(言靈)을 잃어버리는 문학을 지극히 경계했다는 점이다. 그는 시의 언어가 생명을 지니고 힘을 지니기 위해서는 그 말을 지탱하는 내면적 진실, 즉 그 말의 개념이 지니는 등가량等價量의 추구와 체험이 요구된다고 믿었다. 그래서 그는 평단 일각에서 말하듯 메타포도, 운율도 갖추지 못한 듯 보이는 무기교의 시들을 상당량 써내면서도 김윤식 문학평론가의 표현을 빌리면 '조금도 당황하거나 초조해하지' 않을 수 있었는지 모른다.

그는 〈현대문명 속에서의 시의 기능〉이란 에세이에서 이렇게 쓰고 있다. "시는 말에다 생명을 부어 소생시키고 그 기능을 확대, 발전시킴으로써 인간사회의 유대를 끊임없이 새롭게 하고 힘차게 하는 것이다." 이러한 생각은 그가 시를 쓰는 것이 자신의 소명이고 세상에 필요한 일을 하는 것이란 믿음을 갖게 한 연원인 듯하다. 그래서 그는 유언을 그렇게 남겼던가 보다. "세상에는 시가 필요해요."

2004년 어느 봄날, 평생 그리스도인으로 살고자 했던 시인 구상은 자신이 몸담았던 이 불완전하고 유한한 세상에 대해 마지막 시집《인류의 맹점에서》를 펴내어 믿음의 시들로 희망을 제시하고 '영원의 동산'으로 떠났다.

> 이 밑도 끝도 없는
> 욕망과 갈증의 수렁에서
> 빠져나올 수 없음을
> 나는 알고 있다.

이 밑도 끝도 없는
오뇌와 고통의 멍에에서
벗어날 수 없음을
나는 알고 있다.

이 밑도 끝도 없는
불안과 허망의 잔을
피할 수 없음을
나는 알고 있다.

그러나 나는 또한 믿고 있다.

이 욕망과 고통과 허망 속에
인간 구원의 신령한 손길이
감추어져 있음을.

그리고 내가 그 어느 날
그 꿈의 동산 속에 들어
영원한 안식을 누릴 것을

나는 또한 믿고 있다.

— <나는 알고 또한 믿고 있다> 전문

구상 연작시 〈강〉의 발원지

대중에겐 교과서에 실린 시 〈초토의 시 – 적군묘지 앞에서〉로 가장 잘 알려진 구상은 실은 강江의 시인이다. 〈초토의 시〉 외에도 〈모과 옹두리에도 사연이〉, 〈밭 일기〉, 〈까마귀〉 등 연작시 작업을 많이 한 그는 나이 쉰을 넘긴 1970년대부터 강을 소재로 삼아 100편을 목표로 쓰기 시작하여 총 65편의 〈강〉 연작시를 남겼다.

고향인 함경남도 덕원에서 마식령산맥으로부터 흘러와 송도원 바다로 유입되는 적전강을 바라보며 자라난 그는 6·25전쟁 직후 직장이 있는 대구에서 가까운 경북 칠곡군 왜관읍에 가솔을 정착 시키는데, 칠백 리 낙동강이 뒤꼍에서 흐르는 강촌 마을이었다. 중년기 이후 그는 서울로 활동 무대를 옮기면서 중구 신당동에 얼마 간 살다가 종신 자택이 될 여의도의 한 아파트로 이사하여 아침 저녁으로 한강을 마주하게 된다. 이때부터 그는 의사인 부인 서영옥이 아직 의원을 운영하고 있던 왜관 집과 서울 집을 오르내리며 낙동강과 한강에서 건져 올린 시상詩想으로 〈강〉 연작시를 본격적으로 쓰기 시작한다. 따라서 구상의 〈강〉 연작시의 배경은 칠곡군의 낙동강과 여의도의 한강, 그 두 곳을 꼽을 수 있겠다.

전자는 대체로 전원적이고 목가적인 풍경을 펼쳐 놓아 시인의 서정적 시상을 자극하여 다음과 같은 시가 쓰이기도 했다.

> 아지랑이가 아물거리는 강에
> 백금의 빛이 녹아 흐른다.
>
> 나룻배가 소년이 탄 소를 싣고 온다.
>
> 건너 모래톱에 말뚝만이 홀로 섰다.
> 낚싯대 끝에 잠자리가 조은다.
>
> 멀리 철교 위에서 화통차가 목쉰 소리를 낸다.
>
> 풀섶에 갓 오른 청개구리가 물끄러미 바라본다.
>
> — 〈강·7〉

여기서 '철교'는 한국전쟁사에 남은 다부동 전투에서 폭격으로 끊겼다가 후에 다시 이어진 낙동강 철교를 이르는 것으로, 그 철교

위에서 목쉰 소리를 내는 화통차는 평온한 목가적 풍경 속에 숨겨진 민족적 한恨의 에너지를 시사하는 것이기도 하리라.

6·25전쟁 중 종군기자로 활동하다가 대구에서 영남일보 주필 등 언론계 요직에 있으면서 전후 현실의 참상과 정치·사회적 혼란을 진저리나게 보고 겪었을 그가 단순한 서정미학에 머물러 있을 수 없었던 것은 자연스러운 일이다. 장택상 전 총리, 장면 전 총리, 박정희 전 대통령, 채명신 전 파월한국군 사령관, 전두환 전 대통령 등 해방 후부터 1970년대 말에 이르는 격동의 시기에 그가 교유했던 국가적 인물들과의 인연 또한 강물처럼 덧없이 흐르고 흘러 예전 그대로가 아님을 그의 시는 토로하고야 만다.

오늘 마주하는 이 강은
어제의 그 강이 아니다.

내일 맞이할 강은
오늘의 이 강이 아니다.

우리는 날마다 새 강과 새 사람을 만나면서
옛 강과 옛 사람을 만나는
착각을 한다.

- <강·24>

이 시는 칠곡군에서 건립, 운영하고 있는 구상문학관의 앞뜰에 시비로 세워져 오가는 동네 사람들과 문학관을 방문하는 이들의 마음을 숙연하게 한다. 이 시비 앞에서 눈을 들어 바라보면 몇 년 전 새로 들어선 성주대교 사이로 낙동강이 흐르고 있다. 문학관은 2002년 구상의 왜관 집이 있던 자리에 들어섰다. 그 터에는 그의 부인이 운영하던 '순심의원'과 살림채가 붙은 양옥 한 채, 문간채로 세를 주던 한옥 한 채, 그가 사랑채로 쓰던 한옥 한 채가 있었다. 그 뒤로 텃밭이 있고 탱자 울타리를 사이에 두고 낙동강 선창가로 이어지는 과수원 길이 있었다. 선창가에는 당시만 해도 빨래터가 있고 사공이 배를 저어 강 건너 성주로 사람과 짐승을 태워다 주는 나루터가 있었다. 또 선창가 입구 맞은편에는 닷새에 한 번씩 소시장이 들어서 강으로 내려오는 길가의 주막집 두엇을 흥청거리게 만들었다. 그에게 낙동강은 이렇게 일상의 삶 속을 흘러 다가오는 무엇이기도 했지만 한편 초월적 삶을 지향하게 하는 추동력이 되기도 했다.

낙동강 철교에서 멀지 않은 곳에 그의 고향 덕원에서 월남하여 새로이 자리 잡은 성 베네딕도 수도원이 있는데, 이 수도원이야말로 그가 다른 곳이 아닌 왜관에 가솔을 정착시킨 가장 큰 이유였다. 그의 부친 구종진은 베네딕도 수도회가 운영하는 해성보통학교의 설립을 돕기 위해 본적인 서울 이화동에서 원산시 외곽의 덕원으로 솔가해 갔고, 그의 유일한 형제인 구대준 신부는 베네딕도 수도회 소속 사제로서 6·25전쟁 중 공산당에 납치되어 순교한, 그런 연고들이 있기 때문이다. 강을 따라 산책하다 종종 베네딕도 수도원과 경내 성당에 들러 명상과 기도의 시간을 갖기도 한 그는 성 크리스토퍼를 수행적 삶의 롤 모델로 삼고 자신의 〈강〉 시를 〈그리스도 폴의 강〉 연작으로 명명한다.

그리스도 폴이란 일본에서 공부한 그가 크리스토퍼(그리스어로 크리스토포루스)를 일본식 표기로 받아들인 것으로, 그의 구도적 지향이 고스란히 담겨 있는 명칭이다. 크리스토퍼는 젊은 시절 힘만 믿고 악행을 일삼다가 어느 수행자를 만나 감화를 받은 후 사람들을 어깨에 업어서 강을 건네주는 일을 하고 살다가 순교한 가톨릭의 성인이다. 이를 본받는 삶을 살기를 희구하면서 그는 〈강〉 연작시의 프롤로그에서 이처럼 선언한다.

그리스도 폴!
나도 당신처럼 강을 회심回心의 일터로 삼습니다.
(…중략…)

당신의 그 단순하고 소박한
수행을 흉내라도 내 가노라면
당신이 그 어느 날 지친 끝에
고대하던 사랑의 화신을 만나듯

나의 시도 구원의 빛을 보리라는
그런 바람과 믿음 속에서
당신을 따라 강에 나아갑니다.

  그의 가톨릭적 회심과 수행에의 의지는 한강을 만나면서 보다
진폭이 크고 다채로워져 무상無常이 출렁이는 동양적 사유의 세
계로 나아간다. 여의도에 살면서 틈날 때마다 한강변을 산책하며
그는 강을 다각도로 유심히 관찰했다. '강'의 정중동靜中動을 일반
적인 조망이 아닌 사물 자체에 투철하게 들어가는 관입실재觀入
實在를 통해 포착하려 했으며, 자신의 서재에 '관수세심觀水洗心'이
라 쓰인 편액을 걸어놓고 늘 물을 보며 마음을 닦는 자세로 생활
하려 애썼다.
  그런 그에게 강은 순간순간 새로워지는 물일 뿐 아니라 헤르만
헤세의 싯다르타가 다다랐던 전일적 의식이 느끼는 물아일체物我
一體의 물이기도 했다.

    그저 물이었다. /많은 물이었다. 많은 물이 하염없이 /흘러가고
    있었다. //흘러가면서 항상 제자리에 있었다. /제자리에 있으면
    서 /순간마다 새로웠다. //새로우면서 과거와 /이어져 있었다. /
    과거와 이어져 있으면서 /미래와 이어져 있었다. //과거와 미래가
    이어져서 /오직 현재 하나였다. /오직 하나인 현재가 여러 가지

얼굴을 하였다.// 여러 가지 얼굴을 하고서/ 여러 가지 소리를
내었다./ 여러 가지 소리를 내면서 모든 것에 무심하였다.//
무심하면서 괴로워하고/ 괴로워하면서 무심하고/ 무심하게 죽어
가고/ 죽어가면서 되살아왔다.

- 〈강·11〉

또 한편, 구상은 여의도의 가장 오래된 주택인 시범아파트에 살
면서 '한강에 돛단배처럼 떠 있는' 63빌딩의 단골 일식집으로 당
대 최고 부자 정주영 현대그룹 회장을 이따금 초대해 우동을 대접
하는 등 선비의 가난한 풍요를 즐기기도 했다. 이웃에는 농촌운동
가로 유명한 류달영 선생이 살았는데, 구상은 여덟 살 연상의 그
를 '흥부 형님'으로 부르며 '놀부 동생'을 자처, 같은 해에 앞서거
니 뒤서거니 타계할 때까지 각별한 우애를 나눴다.

그 우정에 힘입어 설립을 보게 된 인문고전교육재단 '성천아카
데미'는 지난 사반세기 동안 한강변에서 배움의 사랑방 역할을 톡
톡히 해왔다. 성천아카데미의 초대 원장을 맡은 게 인연이 돼 그
재단 멤버들의 후원으로 1994년 건립된 그의 시비가 한강공원 원
효대교 부근에 서 있는데, 이는 서울 정도定都 600주년 기념사업
의 일환으로 이루어진 일이기도 하다. 그 시비의 앞·뒷면에 실린
두 편의 시 중 〈강가에서〉란 시는 만년의 그의 철학적·종교적 사
상을 아우르는 강 연작시의 백미다. 일찍이 그가 강 연작시를 쓰기
에 앞서 가졌던 생각을 종합적으로 보여주는 작품이 아닌가 싶다.

그는 1993년 출간된 자전 에세이집《예술가의 삶》에서 10여 년 후 이 시에서 드러나게 될 세계관을 미리 귀띔한 바 있다.

나의 상념은 강을 통하여 역사에 대한 낙관을 획득한다. 즉 우리의 오늘 삶이 아무리 연탄빛 강으로 흐르고 그 오염이 징그럽게 번득이더라도 언젠가는 푸른 바다에 흘러들어 맑아질 그날이 있을 것을 나는 믿고 바라는 것이다. 그래서 오히려 오늘의 저 눈 뒤집힌 삶이 가엾기까지 한 것이다.

2004년 영원의 바다로 회귀하기 오래전부터 그는 이미 강의 무상한 흐름을 관찰하고 시 작업을 통해 내면화시킴으로써 인간 역사에 대한 어떠한 체관諦觀에 도달했던 듯하다. 깊은 체념…… 그리고 그 체념을 '관觀'하는 정신의 올돌함. 그런 것이 오히려 그가 평생 시적 후렴구로 삼은 '영원 속 오늘'을 인식하게 하는, 삶에 대한 궁극적인 낙관으로 발전하지 않았을까. 강의 시인 구상의 만년 절창 〈강가에서〉를 들으며 오늘도 이 '연탄빛' 짙은 세상의 강에서 한 줄기 희망을 보아 내려 한다.

내가 이 강에다
종이배처럼 띄워 보내는
이 그리움과 염원은

그 어디서고 만날 것이다.
그 어느 때고 이뤄질 것이다.

저 망망한 바다 한복판일는지
저 허허한 하늘 속일는지
다시 이 지구로 돌아와설는지
그 신령한 조화 속이사 알 바 없으나

생명의 영원한 동산 속의
불변하는 한 모습이 되어

내가 이 강에다
종이배처럼 띄워 보내는
이 그리움과 염원은
그 어디서고 만날 것이다
그 어느 때고 이루어질 것이다.

구상 시인과
경향신문 매각 사건

"그 신문사 일 어떻게 되었어요?"

"그저 내가 할 수 있는 일이란 시 줄을 쓰는 것밖엔 없나 봅니다."

"보고를 받아 다 알고 있어요. 교회라는 거룩한 탈을 쓰고 그 짓들
인데 그 사람들 법으로 혼들을 내주시죠. 그렇듯 당하고만 가만
히 계실 거예요?"

"그럼 어쩝니까? 예수가 오른쪽 뺨을 치면 왼뺨을 내 대라고 가르
치셨는데야!"

"그래서야 어디 세상을 바로잡을 수가 있습니까?"

"그게 바로 천주학의 어려운 점이지요!"

"천주학이라!"

이것은 오십여 년 전 박정희 전 대통령과 구상 시인 간에 있었

던 대화이다. 시인은 이를 자전 연작시 〈모과 옹두리에도 사연이〉(66)에 가감없이 담아 놓았다. 그가 평생 가슴에 묻고자 했던 비화를 이렇게 시로나마 일부 드러낸 까닭은 무엇일까?

나의 아버지 구상 시인은 명예를 대단히 소중히 여기는 사람이었다. 그는 그것이 자신의 것이든 타인의 것이든 좀 강박적이라 느껴질 만큼 평생 애써 지키며 살았다. 경향신문과의 인연에 대해 써달라는 청탁을 받았을 때 맨 처음 떠오른 것이 그 비화였지만, 나 역시 아버지가 묻으려 했던 사실을 새삼 들추어내는 일이 선친에 대한 불충이기도 하거니와 공연한 구설을 만들 거란 생각에 저어되어 그저 경향신문과의 일반적인 관계만을 찾아 이것저것 자료를 뒤적였다.

그런데 '국정원 과거사건 진실규명을 통한 발전위원회'(이하 과거사위원회)의 경향신문 강제매각 의혹사건의 조사 결과에 대한 보도자료를 접하면서 의아심이 생겼다.

과거사위원회의 조사에 따르면 5·16 직후 박정희 당시 국가재건최고회의 의장은 평소 자신과 친분이 돈독하고 천주교 내에서 신망이 높았던 시인 구상을 내세워 경향신문을 인수토록 자금을 지원했다. 하지만 우여곡절 끝에 1962년 당시 성우산업(주) 대표 이준구씨가 경찰국장 출신 인척인 홍병희씨를 내세워 경향신문을 인수하게 되었다. 이 과정에서 이준구씨는 천주교 재단 이사회로부터 손에 넣은 "백지 위임장을 편법으로 사용하였는데"(한홍구, 《한겨레 21》, 2005. 7. 26), 이 대목이 구상 시인이 죽을 때까지 외부에 발설하지 않았던 비화가 들어 있는 부분이다. 당시 기억을 떠올리며 "난리도 아니었다"고 회고하던 집안 여자 어른들의 말로는 집 주변에 사복 경찰들이 몇 주간이나 깔려 있었다고 한다.

이후 "수완 있는 사업가"로서 일 년 만에 경향신문의 경영을 정상화시킨 이준구 사장은 "우수한 인재들을 등용하고 젊은 기자들의 비판적인 기사를 적극 후원하여 정론지로서의 경향신문의 존재를 부각시켰다"(위 출처).

그러나 그는 1965년 국가보안법 및 반공법상 불고지죄 위반 혐의로 구속되고, 경향신문은 경매에 부쳐져 1966년 기아산업 김철수 사장에게 소유권이 넘어간다. 이 배후엔 물론 이미 부산일보·문화방송 등의 경영권을 장악한 박정희 당시 대통령의 '뜻'을 읽고 잘 알아서 받드는 중앙정보부의 개입이 있었다고 과거사위원회에서 밝힌 바 있다.

나의 의문은 이것이다. 그리 정권 친화적이 아니었던 이준구 사장을 그토록 견제하려 했던 박정희 전 대통령은 어째서 시인 구상에게 신문사의 경영을 맡기려 했던 것일까? 단지 그가 천주교의 신망을 얻고 있는 인물이라 천주교 재단과의 교섭이 용이하리라 생각해서? 그렇다면 이후 구상을 통해 경영권을 장악한 후에 그도

비협력적일 경우 토사구팽하면 되리라 생각한 걸까?

내가 아는 아버지 구상 시인은 결코 어떤 독재정권에도 협력적일 수가 없는 사람일 뿐 아니라 그가 평생 개인적 우의를 지켰던 박 대통령과도 정의의 대원칙을 거스르는 입장 차이에서라면 뼈 아픈 결렬도 마다하지 않았을 사람이다. 그러한 구상의 기질을 박정희가 친구로서 모르지 않았을 것 같은데 또 다른 천주교 인물 양한모씨를 통해 경향신문 인수를 시도한 삼성 이병철 회장의 자금력으로도 성공하지 못한 일을 구상을 통해 하려 했던 사실이 왠지 좀 비현실적으로 다가온다.

1962년 봄, 시인 구상은 경향 사태 이후로도 몇 차례 제안받은 중책의 '자리'들을 사양하고 마치 피접이라도 가듯 일본으로 떠났다. 명목상으론 경향신문 동경지국장을 자청하여 떠난 출행이었으나 실은 자신을 자꾸 곤혹스러운 입장으로 몰고 가는 당시 정치·사회 현실에서 좀 떨어져 있으려는 의중 외에 이미 대수술을 감행하지 않고는 치유의 희망이 보이지 않던 고질병 폐결핵을 치료받기 위한 목적에서였다. 떠나기 며칠 전 시인 구상과 장군 박정희는 이런 대화를 나눈다(《모과 옹두리에도 사연이》·62).

"바로 내 앞방에다 사무실을 마련해 놓았는데 끝내 가시기요, 이 판국에 일본 낭자들과 재미나 볼 작정인가요?"

"시인이란 현실에서 보면 망종이지요. 그래서 플라톤도 그의 이상 국가에서 시인을 추방하는 게 아닙니까!"

위 대화에서도 드러나는 것처럼 나의 아버지 구상 시인은 형이 상학의 세계를 추구하는 이상주의자의 면모를 평생 추구했기에 그 이후로도 권력 시스템과 연관된 어떠한 지위나 직책도 지닌 적이 없다. 그는 북에서 퇴폐주의, 악마주의, 부르주아적, 반역사적, 반인민적 등 일곱 가지의 반동적 죄목의 딱지가 붙어 처형되기 직전에 필사의 탈출을 감행하여 남하한 자유주의자이고, 이승만 정권 치하에서 불온한 저술(사회평론집《민주고발》등)로 찍혀 조작된 이적 혐의를 뒤집어쓰고 15년형을 선고받았다가 반년여에 걸친 옥살이를 한 반골이었다.

그러했던 그였으니 설사 경향신문 인수가 성공적으로 이루어져 사장직에 올랐다 하더라도 박정희가 군인이었을 당시 맺어진 친분 때문에 진보계열의 논객들이 더러 오해하는 것처럼 친정권 필봉을 휘둘렀을 리는 만무하다고 생각한다. 아마도 그가 경향신문 경영에 참여했더라면 박정희 전 대통령의 비극적 서거 이후 수년간 홀로 위령 미사를 지내주곤 했던 개인적 우의조차 유지되기 어려울 정도로 두 사람 사이에는 봉합할 수 없는 균열이 생겼을 지도 모를 일이다.

1993년에 출간된 자서전적 에세이집《예술가의 삶·9 - 구상편》

에 실린 '에토스적 시와 삶'이란 글은 그가 경향신문 사태 이후 자신
의 삶에 어떠한 주체적 변화를 일으키고자 노력했는지를 보여준다.

　4·19가 되고 또 5·16이 일어나자 나는 행동적 현실 참여에 허탈
　감을 맛보고 나 스스로의 능력의 한계도 느껴서 문학 본령의 복
　귀를 위하여 강단으로 전신하고 말았습니다. 이때 오랫동안 나의
　시작업의 휴면 상태를 메우기 위하여 〈밭 일기〉 1백 편의 에스키
　스를 시작하였습니다. 나 같은 사람은 촉발생심觸發生心이나 응시
　소매격應時小賣格인 시를 써가지고선 도저히 사물의 실재를 파악
　하지 못할 뿐 아니라 존재의 무한한 다면성이나 복합성을 조명해
　내지 못하기 때문에 한 제재를 가지고 응시를 거듭함으로써 관입
　실재해 보려는 의도에서였습니다.

　그는 이렇게 자기 실존의 본령이라 여긴 문학에 본격적으로 귀
의하여 〈밭 일기〉 외에도 〈강〉, 〈까마귀〉 등 수백 편의 연작시를
남겼고, 단순히 교회의 구성원으로서 배교하지 않는 차원이 아닌,
신앙인으로서 참 영성의 길을 추구했으며, 각양각색의 수많은 사
람들과 사회적 나눔을 이어가는 무좌無座의 공인 역할에 충실했
던 인물이다. 나의 아버지 구상 시인은 그의 시 제목처럼 '홀로와
더불어' '영원 속의 오늘'을 살다가 '오늘 속의 영원'으로 떠났다.

적군묘지에 다녀와서

지난달 하순* 나는 파주시 적성면 답곡리에서 열린 '임진평화제'라는 특이한 행사에 다녀왔다. 흐린 하늘이 잔뜩 물기를 머금고 있던 그날 오전, 6·25전쟁으로 희생된 적군 유해 1천여 기가 안장된 북·중군 묘지에서 각계 인사 200여 명이 모여 60여 년 전 영문도 모른 채 스러져 간 넋들을 위로하고 화해와 통일의 미래를 기원하는 의식을 가졌다.

나는 주최 측의 요청에 따라 행사를 여는 첫 순서로 구상 시인의 시 〈적군묘지 앞에서〉를 낭송했는데, 이어 그 시를 작곡한 노래와 연주가 울려 퍼질 즈음 그때까지 무겁게 고여 있던 하늘이 비를 뿌리기 시작했다. 주최 측 관계자들과 몇몇 내빈들의 말씀이 있고

---

* 내가 참석한 임진평화제는 2013년 6월에 열렸던 행사다.

나서 가수 설운도씨가 작사·작곡한 〈귀향〉이란 노래를 여성 성악가가 가수 김태곤씨의 애절한 태금 반주에 맞춰 불렀다. 그리고 청중들의 뜨거운 호응에 답하느라 설운도씨가 다시 한 번 그 노래를 불렀는데, 노래를 부르는 도중 비가 본격적으로 퍼붓기 시작해 행사가 끝날 때까지 그치지 않았다.

우리말에 '심금을 울린다'는 표현이 있다. 심금心琴이란 글자 그대로 '마음 거문고'를 뜻한다. 그날 북한군과 중공군 묘기들이 사이좋게 어깨를 겯고 있는 그곳에서 나는 산자와 망자의 마음 거문고가 더불어 울려 하늘도 울게 하는 진풍경을 보았다. 아무리 장마철이지만 일종의 위령제인 그 행사가 진행되는 동안에만 내리고 그친 비는 예사롭지 않았던 것이다.

설운도씨의 노래 〈귀향〉은 "일어나 어서 고향으로 가자. 어머님이 날 기다리신다"로 시작하여 "아들아 내 아들아, 이제 그만 집으로 가자. 오랜 세월 엄마 품이 얼마나 그리웠겠니"로 마무리되는데, 곡도 애절하지만 노랫말 자체가 너무도 애절했다. 김태곤씨가 직접 만들었다는 악기 태금으로 한 반주 또한 본인이 의도한 대로 마치 전쟁터에서 돌아온 아들을 맞아 '어머니가 부엌문을 여는' 듯한 묘한 음향 효과를 내서 생생한 감동을 주었다. 나는 지금도 세상 어디선가 벌어지고 있을 전쟁에 동원되어 나간 아들을 기다리는 어미의 심정이 되어 가슴이 북받쳐 올랐다.

"어머니, 추워요! 배고파요!" 이것은 이 행사의 발단이 된 불교계 인사들의 108일 위령 기도에 동참했던 한 지인이 직접 들었다고 전해준 말이다. 그 지인은 중국어에 능통한 사람인데 기도 중에 들리는 소리들이 있어 가만히 귀기울여 보니 그런 뜻의 중국말이었다고 한다. 가톨릭 신자인 내가 이를 곧이곧대로 받아들여도 될지 모르겠으나, 아무튼 그날 행사에서 내가 느낀 것도 이역만리 전쟁터에서 허구한 날 춥고 배고팠을 그 무명의 병사들이 살아서나 죽어서나 얼마나 어머니 품이 그리웠을까 하는 것이었다.

그날 행사 후 집에 돌아와서도 나는 그 가엾은 병사들이 부르짖었을 가슴속 절규가 귓전에서 맴돌았다. "어머니, 돌아가고 싶어요! 어머니 품으로! 그리운 집으로!" 그러면서 한편 나 자신을 포함해 많은 인간들이 원초적으로 그러한 그리움과 갈원을 품고 살아가는 존재라는 생각도 들었다. 우리가 사는 세상 자체가 이해할 수도 없고, 감당하기도 힘든 크고 작은 전쟁터들의 집합체가 아닌가? 그리하여 언제 전쟁이 끝날지 기약 없는 가운데 고향으로, 어버이 품으로 돌아갈 날을 애닮게 소원하며 살아가는 게 우리네 삶 아닐까?

수년 전에도 해외 여행지에서 이와 유사한 감정을 느꼈던 적이 있다. 자연이나 인간의 얼굴이 놀라울 만큼 여럿이라 가는 곳마다 숨고르기에 바빴던 나라, 터키에서였다. 특히 이슬람 신비주의

종파 수피즘의 메카인 콘야에서의 밤은 내게 있어 그 여행의 정점이었다. 낮에 아득한 평원을 이상스레 서글픈 두근거림을 안고 달려온 끝에 당도한 도시, 콘야. 다소 침울한 인상의 그 고도에서 첫발을 들여놓은 곳이 메블라나 사원인데, 그 수피 사원의 실내를 가득 채운 아라비아 문자들과의 만남은 차라리 충격이었다. 신의 온갖 이름들을 혼신의 힘으로 적어 내려간 인간의 처절한 의지依支의 의지意志라니!

그 역동하는 신공神功의 로고에 압도당해 나도 모르게 내 넋의 한쪽을 내준 상태에서 얼떨결에 맞닥뜨린 세마춤. 비록 관광객을 위한 쇼에 불과한 것이라지만, 그 구도의 승무를 추는 이들의 표정과 몸짓, 그리고 음악은 나로 하여금 짧은 순간이나마 여러 생을 거슬러 올라가는 시간여행을 하게 만들 만큼 강력한 에너지 파장을 지닌 것이었다. 전통 플루트의 첫 음이 울리고부터 주체할 수 없이 흘러내리던 눈물. 영혼의 본향을 찾아 장도에 오른 지 오래건만 헤매고 헤매어도 그곳이 가까워지기는커녕 점점 더 아득하게만 여겨지는 우리, 그 존재의 나그네들이 가엾고 안타까워 가슴이 미어지는 듯했다. 콘야의 밤, 그것은 본향 회귀에의 향수로 가슴 벅찬 밤이었고, 잠시나마 '나'와 '너'가 '우리' 안에서 구분이 없어졌던 시간이었다.

이처럼 인간의 자기연민은 때로 타인을 포함하는 '우리'를 향한 연민으로 나아가기도 한다. 그것은 의식이 '자기'에서 '우리'로 확장되는 과정에 다름 아니다. 적군묘지 앞에서 "이제는 오히려 너희의 풀지 못한 원한이 나의 바램 속에 깃들여 있도다"라고 읊조린 시인의 추도사가 정전 60주년을 맞은 지금 호소력을 갖는 이유도 그 때문이 아닌가 싶다.

나의 어머니,
환하게 계신 그리운 영혼

"오! 위대한 식물이여……." 어느 시인은 그녀에 대해 이런 헌사로 시작되는 시를 쓰기도 했다. "마리아 보살님!" 한 승려 화가는 그녀를 부를 때 이렇게 호칭을 하곤 했다. "그 사람은 세속의 은수자였습니다." 그녀의 남편은 영결미사에서 아내를 이렇게 회고했다.

팔불출의 어리석음을 무릅쓰기로 한 나는 이 지면을 빌려 그 훌륭했던 삶의 주인공에 대해 얘기해 보려 한다. 나의 어머니 서영옥 마리아 테레사가 그녀이다.

예수는 2천 년 전 남성의 몸을 하고 이 땅에 오셨지만 그 뒤를 잇는 작은 예수들은 남녀 어느 쪽의 모습으로도 왔을 것이고 앞으로도 그러지 않겠는가. 나의 어머니 또한 여성의 몸으로 왔지만 그들 삶의 특징인 청빈과 봉사와 인내와 애덕을 한평생 추구하고 실천하며 살았기에 한 사람의 '작은 예수'였다고 믿고 싶은 것이다.

십칠 년 전 늦가을 밤, 나는 알지 못하는 어떤 남자의 전화를 받고서 어리둥절한 기분이었다. 처음 듣는 전화 속 목소리는 다짜고짜 나를 꾸짖었다. "천하에 예를 모르는 짓이오! 나중에 부친상 때도 그런 꼴을 보인다면 내, 가만 안 있을 거요!" 한참 후에야 깨닫게 된 그 비난의 배경인즉 이러했다.

그날 오후 나는 만 74세로 영면하신 어머니를 묻고 내려와 조문객들에게 점심을 대접하던 중이었다. 손님들 식사를 챙기고 난 후 어릴 적 친구 몇몇과 한 테이블에 둘러앉았는데, 그중 한 친구가 나를 위로할 셈으로 위트 넘치는 우스갯소리를 한마디 했다. 나는 순간 상주의 신분을 잊고 웃음을 터뜨리고 말았다. 그 광경을 다른 테이블에서 식사를 하던 조문객 한 분이 목격한 모양이었다. 나중에 알아보니 그분은 아버지의 지인으로 공직에 계시면서 유교 전통 보존에 힘쓰는 분이셨다. 그분이 보시기에 그날 내가 보인 행동은 용납할 수 없는 비례非禮였던 것이다.

그런데 그날 나의 속마음이 실제로 어떠했는가를 안다면 그분도 내 '돌출' 행동을 조금 이해하시지 않았을까 싶다. 나는 그날 어머니를 떠나보내고도 하나도 슬프지 않았다. 다만 아버지를 비롯한 다른 가족의 슬픔에 신경이 쓰였을 따름이지, 나 자신은 오히려 좀 환희로운 기분에 휩싸여 있었다. 어머니는 마침내 답답한 육신의 굴레에서 벗어나 무한한 자유와 평화의 세계로 '비상'하신 것이다! 선한 사람이 타계했을 때 그의 천국행에 대해 일반적으로 갖는 기대감과는 차원이 달랐다. 나는 어머니가 임종하신 순간부터 그 영靈이 소용돌이치는 빛 알갱이들에 휩싸여 주위를 환히 밝히고 계시는 듯 느껴져 기분이 고양되어 있었기에 슬픔을 위장하기가 힘들었다. 혹자는 나의 그 느낌을 착각이라고 말할 수도 있겠으나 그것은 장례를 치르는 내내 실제 영상처럼 강렬하고 또렷하여 머릿속에서 떨쳐지지 않았다. 나는 속으로 되뇔 뿐이었다. 어머니는 참으로 좋은 곳으로 가셨구나! 그래서 이리도 내 마음이 환하구나! 그랬다. 서영옥 마리아 테레사의 죽음은 그녀를 사랑했던 이들 마음에 그렇게 은혜로운 빛으로 스며들었다.

서영옥 마리아 테레사는 1919년 원산 태생으로, 일제시대에 여자의 몸으로는 드물게 의학 공부를 한 이른바 신여성이었다. 우리 형제들이 종종 우스갯소리 삼아 어머니의 결혼에 대해 얘기했듯이 '팔자를 망치게' 된 계기는 뜻밖에도 '현대 순교자 38위 시복시성' 후보에 올라 계신 구대준 가브리엘 신부님에게서 비롯되었다. 나중에 그녀의 시숙이 될 구 신부님은 당시 흥남본당의 주임신부님이셨는데, 다른 병원에서 근무하던 젊은 서영옥 의사에게 성당 구내 병원 대건의원에서 진료를 맡아 주기를 부탁하셨다. 이 대건의원 근무가 인연이 되어 그녀는 수녀가 되려던 '포부'를 접고 신부님의 아우 구상 시인과 혼배를 하게 된다.

이로써 엘리트 교육을 받은 원산 유수의 부잣집 따님이 현실적 능력이 의심스러운 데다 사상마저 '불온'한 폐병쟁이 문학청년을 만나 고생길이 훤하게 트인 것이다.

그러나 몸이 약해 한평생 병치레를 하신 아버지 편에서 보자면 의사인 어머니는 구원의 배필이 아니었으리. 그렇게 그녀는 일생 동안 남편의 병 수발과 그 뒷감당에 정성을 다했으며, 남편이 격동의 역사 속에 위태로운 국면과 파고를 헤쳐 나가는 동안 가족이 받는 충격파를 자기 안에 조용히 흡수하여 수습해 나갔다. 고난과 위기의 순간에도 그녀는 평정심을 잃은 모습을 보인 적이 없으며 한 지인의 표현대로 독일인 간호장교처럼 이성적이고 침착했다.

자식들 또한 몸이 약해 위로 두 아들이 모두 때 이르게 병사했는데, 이 중 작은아들이 먼저 서른다섯의 푸른 나이에 유명을 달리했다. 20대 초반에 시작된 폐결핵이 계속 악화하고 있었지만 우리 가족 중 누구도 그가 그리 일찍 떠나리라는 생각을 하지 못했었다. 그런데 그녀는 의사여서 그랬는지 자식이 막상 숨을 거두었을 때 다 알고 있었다는 듯 담담했다. 어느 어머니가 젊은 자식을 잃고서 눈물 한 방울 없이 그토록 침착할 수 있단 말인가? 지금 생각해도 불가사의한 일이다. 그러나 그 아들이 가고 6년 후 같은 달, 위암 투병 2년 만에 아내의 뒷바라지 없이 어찌 살까 싶은 남편을 두고 먼저 떠난 걸 보면 그녀가 아들을 앞세운 후 얼마나 큰 고통과 슬픔을 감내하고 지냈는지가 짚어진다.

어머니는 그처럼 이성적이고 의지가 강한 사람이었지만 결코 냉정한 분이 아니었다. 아니, 오히려 그 반대였다. 나는 그녀처럼 살아 있는 모든 것들에 다감한 관심을 골고루 가진 사람을 별로 못 봤다. 어릴 적에 어머니와 함께 살던 시골 병원 집 뜰에는 수십 가지 화초들이 심어져 아침저녁으로 그녀의 애정 어린 손길로 가꾸어졌다. 집짐승도 개, 고양이, 돼지, 닭, 토끼, 염소, 심지어 비둘기에 이르기까지 그녀의 사랑과 보살핌을 받았다. 동네 사람들은 아플 때 누구나 그녀의 친척이나 친구인 듯 진정어린 관심과 정성이 깃든 치료를 받았으며, '순심의원'이란 이름이 시사하듯 그녀의 병원은 의사 주인이 맑고 순수한 마음으로 자신을 열어 놓았기에 누구에게나 열려 있는 사랑방도 되고 인생 문제를 머리 맞대고 의논하는 상담소 역할도 했다. 본당의 신부님들이나 수녀님들, 수도회 수사님들이 우리 집에 자주 드나들며 어머니와 허물없이 대화하던 기억이 나는 걸 보면, 성직자들도 가족처럼 대하는 그녀 특유의 따스함이 그들을 편안하게 해주었던 것 같다.

1970년대 초, 그녀는 시골 생활을 정리하고 일본으로 건너가 요코스카 해군병원에서 2년간 객원 의사로 일하며 의학의 새 흐름을 익혔다. 그 후 귀국하여 청담동에 조그만 내과병원을 개원하고부터 그녀의 본격적인 의료봉사 활동은 시작되었다. 아버지가 늘 좀 억울하게 생각하시던 것이 하나 있었는데, 아내가 의사라서 모든 경제 활동을 도맡아 하고 당신은 집안 경제를 신경쓸 필요 없이 지낼 거라는 항간의 통념이 그것이다. 청담동 병원 시절부터 어머니는 병원 운영보다는 양로원·고아원 등으로 진료 봉사 다니는 데 더 열중했다. 버스를 몇 번씩 갈아타며 경기도 지역까지 봉사를 다니느라 나중에는 허리디스크까지 얻었다. 오래 함께 봉사하던 간호사가 덩달아 힘들고 고달팠을 텐데도 어머니 장례 때 끝까지 남아 제일 많이 애도하고 애간장이 끊어질 듯 통곡한 사람이 그이였다.

부잣집 딸로 자라난 어머니는 신기하게도 검약하는 데 일가견이 있었다. 그러나 검약을 위한 검약은 분명 아니었고 자신이 검약하여 남긴 것을 모두 이웃을 돕는 데 썼다. 어머니가 가신 후 유품을 정리하니 한숨이 나올 정도로 건질 만한 것이 없었다. 수녀 지망생이었다가 중도 포기한 경우이니 만일 뜻대로 수녀원 생활을 했더라도 청빈 문제로 어려움은 없었을 듯하다. 사실 청빈의 실천은 무욕無慾의 정신에서 자연스레 발현되는 덕성인 만큼 어머니는 수도자의 소성을 기본적으로 지녔다고 할 수 있겠다. 다시 돌이켜보아도 어머니는 정말 욕심이라곤 찾아볼 수 없는 사람이었다. 이런 이가 세속에서 가정을 이루고 칠십여 평생을 그냥 살아내기만도 쉽지 않은 일이었을 텐데, 그녀는 참으로 남에게 많이 베풀었다. 대가 없이 봉사하는 의술로, 남의 과오를 덮어 주고 상처를 다독이는 따뜻함으로, 사치나 허영을 부러워조차 하지 않는 소박한 심성으로, 사랑하는 이들의 회심과 갱생을 위해 끝없이 견뎌 주는 인내심으로…….

이 밖에도 어머니에게는 내가 미처 묘파하지 못한 어떤 특별한 덕성이 있었던 것 같다. 섣부르게나마 표현해 본다면, 진정으로 겸손한 사람에게서만 나오는 드밝은 지혜 같은 것이 있었다는 생각이다. 남편이 기도할 때 서마리아 테레사님을 자주 찾는 '장모신앙'을 갖게 된 까닭도 그 때문이 아닌가 싶다.

부부의 진화

- 오해에서 이해로 -

우리 집 안방에는 한 작고 시인의 시를 적은 서예 편액이 걸려 있다. 시 제목이 〈노부부〉인데, 아침저녁으로 마주하면서도 무심히 지나치다가 간혹 한 번씩 내 눈길이 슬며시 가서 머무는 대목이 있다. "아름다운 오해에서 출발하여 참담한 이해에 도달했달까" 하고 시작하는 첫 구절이 그것이다. 오랜 세월 그 시를 보아 오는 동안 그 구절은 내 안에서 때마다 다른 반향을 일으키곤 한다.

가령 부부싸움을 하고 난 직후에 그 시구를 보면 이런 마음이다. '흥, 그렇지. 오해란 게 어차피 영원할 수 없잖아. 콩깍지 벗겨지면 참담할밖에.' 그러다가 서로 간에 감정 수습이 좀 되고 화해의 여지가 보이기 시작하면 마음은 이렇게 바뀐다. '그래, 사실 처음부터 서로 알고 있던 문제였는데 새삼 난리칠 필요가 뭐람. 오해한 적도 없으니 참담해질 것도 없지, 뭐.' 마침내 우여곡절 끝에 화해가 이뤄지고 나면 그 시구는 내 마음에서 또 이렇게 속삭인다. '아무리 참담해도 있는 그대로 이해하는 게 아름다운 오해에 머무는 것보단 발전적인 관계야.'

이처럼 늘 가까이 대하고 나름대로 변주된 해석을 시도해 보곤 하는 이 작품의 저자는 실제로 그 배우자와의 관계가 어떠했을까? 문학작품의 애독자는 저자의 사생활에 대해 이런 식의 궁금증을 갖게 될 때가 있는데, 저자의 자녀라 할지라도 그 궁금증은 늘 미답의 영역으로 가슴에 안고 살아간다는 것을 밝히지 않을 수 없다.

최근에 아버지의 문학총서가 완간되었는데 에세이류를 엮은 편에 보니 어느 문우에게 보내는 서간문 형식의 흥미로운 고백이 나와 있었다. 거기서 그는 "다음 세상에서 마누라쟁이하고 다시 연분을 맺을지는 좀 생각해 볼 문제"라고 주변에 토로하고 다녔던 자신에 대해 일편 가책과 반성을 보이면서도 "지금도 나를 추궁하면 별차 없이 표현할 것"이라며 자조하고 있었다.

나는 자식으로서 이 이중성이 좀 당혹스럽게 느껴졌지만 한편 같은 창작인의 입장에서 시인 아버지를 이해하려 들면 못할 것도 없다는 생각이 들었다. 예술인인 그가 자연과학계 전공자인 의사 아내와 사물을 대하는 시각 및 성향에서 극복하기 힘든 차이를 느꼈을 수도 있으리라. 이에 비해, 분야는 다르지만 창작인이라는 공통분모를 가진 나와 남편은 좀 더 유리한 입장인지도 모르겠다.

그러나 나의 어머니는 이성적이고 분석적인 이학 분야 종사자

답게 침착하고 안정적인 태도를 유지함으로써 남편과의 대립을 조용히 비켜가거나 최소화시켜 살았기에, 자식들은 부모가 부부 싸움 같은 것을 하는지조차 모르고 지냈다. 반면 나는 부부 갈등이 생기면 나보다 직정적이고 감성적인 화가 남편에게 선수를 쳐서 싸움을 걸고 든다. 그래 놓고 남편이 서서히 열이 받아 폭발할 지 경에 이를 때쯤 저 혼자 먼저 데탕트 무드에 들어가 '참담한 이해' 의 미학을 들먹이며 휴전을 선언한다. 이러니 남편은 한판 승부의 재미도 제대로 못 본 채 링을 내려와야 하는 부부싸움에서 매번 찜찜한 기분일 것이다. 그래서인지 이즘 들어서 그는 내가 웬만큼 걸고 들어도 잘 응하지 않는다. 혼자 나가서 한잔 하든가 해서 알 아서 삭이고 들어온다.

젊은 시절, 3차 대전을 방불케 하는 격렬한 부부싸움 끝에 어렵 게 화해가 이뤄지고 나면 축제의 시간처럼 한껏 행복해지곤 했던 기억이 떠올라 이따금 그것이 그립기조차 하다.

하지만 나도 남편도 이제는 아름다운 오해에서 참담한 이해로 간다기보다는 처음부터 별로 아름다울 것도 없지만 참담할 것도 없는 이해를 추구하는 가운데 가능한 한 대립을 피하고자 한다. 사 실 엄밀한 의미에서 아름다운 오해란 것은 착각에 지나지 않으며, 착각은 아름다운 것이 아니다. 또한 참담한 이해란 것은 이해라기 보다 체념에 가까운 것으로 참된 의미에서 이해라고 할 수가 없다.

나의 부모님도 실은 그것을 일찌감치 터득하시지 않았을까? 아버지가 시의 결미를 다음과 같이 마무리지으신 걸 보면 분명 그러셨으리란 생각이 든다. "오가는 정이야 그저 해묵은 된장 맛 / 하지만 이제사 우리의 만남은 영원에 이어졌다."

그리운
또 하나의 고향

천안함 희생자 유족의 절규와 지방선거의 떠들썩함이 귓전에서
채 사라지기도 전에 엉겁결에 맞닥뜨린 월드컵의 열기가 민망하
리만큼 뜨겁다. 아픔도 슬픔도 잘 잊는 우리 국민들은 첨예해진 남
북한 긴장 국면에도 불구하고 이 세계적인 스포츠 제전에서 북한
팀의 선전을 바라는 동포애를 숨기지 못한다. 나 또한 엊그제 새벽
북한-브라질전을 보느라고 잠을 설친 후 아침에 일어나기 바쁘게
그 경기에 대한 세계의 반응을 보느라 인터넷부터 뒤졌다. 천리마
축구단이 선전한 것에 대한 호평을 접하면 우리 태극전사 선수단이
칭찬받는 것 못지않게 기분이 좋다. 그래, 우리는 어쨌든 한 민족
이고, 60년 전까지만 해도 한 나라 국민이 아니었는가!

한국 국적을 지닌 채 재일교포로 살아가면서 북한 선수단에서
뛰는 정대세 선수가 경기 전 북한 국가가 울리자 하염없이 눈물

을 흘리는 걸 보노라니 내 눈에도 어느새 이슬이 맺혔다. 물론 그는 본선 진출이 감격스러워 울었다고 하니, 내가 흘린 눈물과 성질이 좀 다르긴 하다. 나는 분단 전 한반도를 생각하면 마치 세계 각지에서 디아스포라의 삶을 살던 유대인들이 조상들의 땅 '시온'을 생각하는 것과 비슷한 정서에 빠지는 것 같다. 구舊 가톨릭 성가 중에 "예루살렘 내 복되고 즐거운 낙원이여 너를 생각할 때면 마음 답답하다" 하고 시작하는 노래가 있었다. 분단 현실에 대한 내 마음을 그대로 나타내 주는 노랫말이다.

실제로 나는 내 부모가 그들의 부모형제를 두고 떠나온 이북의 고향이 실제 내가 태어나고 유년시절을 보낸 곳보다 더 고향처럼 느껴질 때가 있다. 어릴 적부터 집안 어른들로부터 하도 많이 이야기를 들어 마음속에 오롯하게 그려지는 그곳은 경치 좋고 인심 좋고 물산 풍부하기로 유명했다는 동해안 제일의 미항美港, 원산이다. 그리 좋은 곳에 살았던 내 부모님의 가족은 친족만 해도 양가 합해서 십수 명에 이르는 번성한 집안이었더랬는데, 지금은 동란 직후 월남하신 이모님 한 분 외에 아무도 생사를 알 길 없는 고혈한 집안이 되었다. 더욱이 부모님 고향이 개성인 남편의 가족 상황 또한 다르지 않아, 명절 때 양가가 다 모여도 여섯 명밖에 안 된다. 그래서 이북의 '고향'을 더 그리는 건지 모르겠으나 아무튼 6·25 즈음해서 나는 일종의 향수병을 앓는다. 올해는 한국과

북한이 나란히 월드컵 본선에 진출해 뛰는 것을 보니 망향望鄉의
정이 더욱 솟구친다.

그럴 때면 내가 애모愛慕의 정을 한없이 느끼며 떠올리는 '이북
가족'이 있는데, 다름아닌 나의 큰아버지다. 애모哀慕가 아니라 애
모愛慕라 표현하는 것은 그분이 비록 돌아가신 분이지만 그 영혼
은 늘 가까이 계시며 수호신처럼 나를 지켜 주신다고 느끼기 때
문이다. 그분은 내 친족이기 이전에 '현대 순교자 38위 시복시성'
심사 대상에 오른 가경자可敬者이시다.

60년 전 이맘때 평양의 감옥에서 생사를 기약할 수 없는 가운
데 순교를 대비하며 기도하던 분들이 계셨는데, 그중에 나의 큰아
버지 구대준 가브리엘 신부님도 계셨다. 그는 1949년 회령본당으
로 발령받아 떠난 지 수개월 만에 수녀원 묵상을 지도하러 원산에
왔다가 그 길로 북한 정권 정치보위부에 납치되어 평양으로 호송
되었다. 독일인 신부·수사들과 함께 평양 감옥에 수감되어 있던
그가 1950년 동란 초기에 북한군이 북만주 쪽으로 후퇴하면서 수
감자들을 분리 호송해 가는 중에 숨을 거두었으리라 추정되고 있
으나 자세한 진위는 교회 당국의 조사를 통해 밝혀지리라 믿는다.

선후배 및 친구 사제들과 가족들의 증언에 의하면, 그는 더할
수 없이 겸손하고 온유한 덕성과 함께 선지적 지혜를 갖춘 사람이
었다. 그는 절친한 동료 사제에게 늘 입버릇처럼 말했다고 한다.

"사제는 너무나도 처참한 상처투성이인 주님의 살을 만들고 그 참혹한 피를 만드는 사람이 아니겠니?"

이 순수하고 성스러운 영혼이 나의 친족이라는 사실은 내게 더없는 '조상 빽'이 아닐 수 없다. 또다시 난망의 국면에 놓인 남북관계를 생각하며 그분께 기도 중에 졸라 본다. 머지않은 앞날에 월드컵에서 '한반도 선수단'이 뛰는 걸 좀 보게 해주실 수 없겠냐고.

작가의 말

모든 인간의 행위에는 망각이 필요하게 마련이다.
살아 숨쉬는 유기체의 생명에는 망각이 필요하다.
모든 것은 스쳐 지나가는 망각이 아니라
기억 속에 묻혀 잊혀지는 것뿐이다.
나를 기억에 묻고 너를 그 위에 다시 묻는다.
- 아스토르 피아졸라

머리는 복잡하고 마음은 쓸쓸해질 때 듣는 음악이 있다. 현대 탱고 음악의 거장 아스토르 피아졸라의 음반이다. 그중에서도 〈오블리비옹〉이란 곡을 들으면 한없이 나른해지면서 머릿속이 하얗게 비워지는 느낌이다. 오블리비옹, 프랑스어로 망각을 뜻하는 단어로 그리스적 개념으론 피안과의 경계인 레테의 강을 가리키기도 한다. 그래……사노라면 제발 잊었으면 하는 것들이 있다. 하지만 끝내 기억하고 싶은, 또는 기억해야만 할 것들도 있지 않은가.

또 한 권의 산문집을 내며 스스로에게 묻는다. 이것은 살아온 삶을 기억하기 위한 것인가, 잊기 위한 것인가? 다른 장르의 글과 달리 수필류의 산문은 자신의 경험과 느낌을 형식에 얽매이지 않고 자유롭게 기술하는 것이라고 알고 있다.

그러니만큼 여기 실린 글들은 나의 삶 자체를 별 여과 없이 재료로 삼고 그 바탕에서 자기 사유를 전개하는 패턴을 보이고 있다. 나의 본 영역인 소설보다 훨씬 직접적이고 민낯을 드러내는 글쓰기임에 분명하다. 모두 신문이나 잡지의 청탁을 받아 쓴 것이기에 시의성과 매체 적합성을 염두에 두지 않을 순 없었으나 그때그때 내 삶의 편린들을 날로 담은 것이라 허구 뒤에 숨기가 장기인 소설가로선 성에 안 차는 측면도 있다. 잊고 싶은 것을 웬만하게 포장하여 내놓은 얘기들도 있고, 결코 잊어지지 않는 것을 잊은 양 위장하여 내놓은 얘기들도 있다. 어쨌거나 그렇게, 나의 실존은 망각과 기억 사이에서 줄다리기를 하며 생존을 위한 균형을 추구한다.

5년 전 여름, 《던져진 돌의 자유》란 제목으로 산문집을 낸 적이 있다. 책이 나오자마자 출간 홍보는커녕 주변에 책을 냈다는 티도 내지 못한 채 반 년 가까이 해외 체류를 하게 돼 그 책은 사실상 묻혀 버렸다. 2010~2012년 사이 집중적으로 발표했던 글들이었는데, 이후 몇 년간 모종의 투병을 하느라 펜을 놓다시피 했다. 그런 아쉬움도 달랠 겸 거기서 특정 종교색이 짙은 여덟 편을 뺀 나머지를 시제 따위를 손보아 2015년 즈음부터 다시 쓰게 된 에세이들과 함께 이 책을 엮었다. 그때도 지병을 탓하며 부실한 자신의 작업을 그 책으로라도 위안 삼을까 한다는 머리글을 썼었는데, 여전히 그러한 상태를 면치 못해 부끄럽다.

우연인지 필연인지 아버지 구상 시인의 산문선집이 같은 시기에 나오게 돼 선친을 대신해 수십 편 원고의 교정을 보면서 느낀 것이 있다. 문인은 결국 자기 글로써 자기 삶을 증언하게 된다는 것. 이

제깟 내가 선친에 대해 갖고 있던 이해와는 뭔가 다른 차원의 배움이 생겨났달까, 그런 것이다. 이순의 고개를 넘고 나니 나도 자식을 비롯한 후대의 눈길이 궁금해진다. 내가 산 삶은 나중에 어떤 이해의 눈길을 받고 어떤 평가를 받게 될까. 비록 내가 광대한 우주 속에 한낱 먼지와 같은 존재이지만 그 먼지도 앉았던 흔적이야 없겠는가. 그 흔적을 증언한다는 마음으로 산문집을 다시 엮는 민망함을 달랜다. 한편 아버지에 대한 글도 꽤 여러 편 실려, 선친의 산문선집에 대한 부록 역할도 기대해 본다.

평소엔 인사도 안 챙기면서 제 내킬 때 편하게 드나들던 왜관 베네딕도 수도원. 그 '큰집'의 어른, 박현동 아빠스께서 황송한 추천사를 써주셨다. 선대로부터의 인연을 잘 살려 나갈 수 있도록 기도해야겠다. 삼복 중에 이사까지 하느라 경황 없으셨을 상황에도 세심한 눈길로 원고를 읽고 유려한 필치로 추천사를 기꺼이 써주신 신달자 선생님께 마음 깊이 감사드린다. 또 이 '어마무시'한 더위 속에서 부녀의 책을 한꺼번에 내느라 고생이 막심했을 나무와숲 가족 모두께 큰 고마움을 전한다.

 망각과 기억 사이…… 오래전에 던져진 그 돌은 지금 어디께쯤 비행하고 있을까.

2017년 늦여름
구자명

구자명 에세이

망각과 기억 사이

초판 1쇄 찍은날 2017년 9월 12일
초판 1쇄 펴낸날 2017년 9월 14일

지은이 구자명

펴낸이 최윤정
펴낸곳 도서출판 나무와숲 l 등록 2001-000095
주소 서울특별시 송파구 올림픽로 336 1704호(방이동, 대우유토피아빌딩)
전화 02)3474-1114 l 팩스 02)3474-1113 l e-mail : namuwasup@namuwasup.com

ISBN 978-89-93632-68-2   03810